时代记忆
文　丛

郭小川诗歌精选

郭小川　著　　郭小林　选编

青海人民出版社

图书在版编目（ＣＩＰ）数据

郭小川诗歌精选 / 郭小川著 ; 郭小林选编 . -- 西宁 : 青海人民出版社 , 2020.1
（时代记忆文丛）
ISBN 978-7-225-05844-3

Ⅰ . ①郭… Ⅱ . ①郭… ②郭… Ⅲ . ①诗集－中国－当代 Ⅳ . ① I227

中国版本图书馆 CIP 数据核字 (2019) 第 225141 号

时代记忆文丛

郭小川诗歌精选

郭小川　著

郭小林　选编

出 版 人　樊原成

出版发行　青海人民出版社有限责任公司
　　　　　西宁市五四西路 71 号　邮政编码：810023　电话：（0971）6143426（总编室）

发行热线　（0971）6143516 / 6137730

网　　址　http://www.qhrmcbs.com

印　　刷　陕西龙山海天艺术印务有限公司

经　　销　新华书店

开　　本　890 mm × 1240 mm　1/32

印　　张　9.875

字　　数　150 千

版　　次　2020 年 1 月第 1 版　2020 年 1 月第 1 次印刷

书　　号　ISBN 978-7-225-05844-3

定　　价　60.00 元

总　序

"人民文学"的传统在当代

李云雷

20 世纪中国最重要的事件是中国革命和改革开放，中国革命的胜利使中国彻底摆脱了半封建半殖民社会，获得了民族独立，"中国人民从此站起来了"；改革开放的成功则让中国走出了一穷二白的状态，奠定了民族复兴的基础。在 21 世纪的今天，我们正走在中华民族伟大复兴的征程上，当回望 20 世纪的时候，我们应该感激与铭记中国革命与改革开放，或许我们身在其中并不觉得有什么特别，但是放眼世界我们就会发现，并不是所有国家的革命都能够获得胜利，在 20 世纪末仍大体保持着 19 世纪末古老帝国版图的，只有中国；也并不是所有国家都能够进行改革开放，都能够取得改革开放的成功，或者说能够顺利推进改革开放并使国势国运日趋向上的，也只有中国。中国革命和改革开放是 20 世纪中国最重要的遗产，也是我们在 21 世纪不断开拓进取、实现民族复兴最重要的根基。

"人民文学"是在中国革命的进程中产生，并对中国革命、建设、改革产生重要影响的文学。在这里，我们所说的"人民文学"是一种泛指，在不同的历史时期曾被称为"革命文学""解放区文学""十七年文学"等，又在不同的理论视域中被命名为"左翼文学""社会主义文学""红色文学"等，"人民文学"的概念既是对上述各种称谓的通约性表达，也是在新的历史语境中的一种通俗性表达。"人民文学"与20世纪中国革命紧紧联系在一起，既是20世纪中国革命组织、动员的一种方式，也是其在文化上的一种表达。"人民文学"的重要性体现在它在转变观念、凝聚情感、社会动员与组织，以及寓教于乐等方面所发挥的作用。在1940—1970年代，中国内忧外患不断，生产力低下，群众的识字率较低、知识文化水平贫乏、娱乐方式简单，"人民文学"在那时起到了独特而重要的作用。作为一种文化政治传统，"人民文学"伴随20世纪中国革命以及建国后的社会主义建设实践而逐渐生成，并以不同方式在改革开放的历史语境中延续和变迁，它直接参与和内在于现代中国的进程，发挥着独特的革命文化能量，进而建构了新的社会主义文化经验和价值传统。

"人民文学"在1940—1970年代的中国文学界曾占据主流，但在改革开放的历史新时期，对"人民文学"的评价却发生了分歧与分裂，其中既有20世纪80年代、90年代和21世纪初等不同时期的差异，也有国家、文学界、知识界等不同层面的差异，以下我们对这些分歧简单做一下勾勒，并对"人民文学"在新时代的状况做出分析。

在20世纪80年代，伴随着对"文革文学"的批判与反思，中国文学进入了一个繁荣发展的新时期，文学思潮层出不穷，从"伤痕文学""反思文学"到"改革文学""知青文学"，再到"寻根文学""先锋文学"，获得解放的文学释放出无穷的活力。在政治层面，中国进入了一个思想解放的时期，文艺政策也从"为政治服务"调整为"为人民服务，为社会主义服务"。在知识界，则发生了一场声势浩大的新启蒙运动。文学上的种种变化，被后来的文学史家概括为从"一体化到多元化"的转变，所谓"一体化"是指"人民文学"从 1940 年代到 1970 年代逐渐占据主流、成为主体，并趋于激进化的过程，而"多元化"则是指"一体化"因"文革文艺"的泡沫化而终止，逐渐走向开放、多元的过程。在这一历史时期，曾被激进的"文革文艺"压抑的其他文艺派别获得了重新评价，这些文艺派别既包括左翼文学内部的周扬、冯雪峰、胡风等人的文艺理论，丁玲、赵树理、孙犁、路翎等人的小说，也包括左翼文学之外的其他派别，比如自由主义文学、新月派、京派文学，等等，但在 80 年代，所谓"多元化"仍有其边界，大致限于"新文学"的范围之内，但这要到时代的进一步发展之后才能为我们知悉。1980 年代的文学大致以 1985 年为界，呈现出迥然不同的样貌，在 1985 年之前，左翼文学与现实主义仍然占据主流，而在 1985 年之后，先锋文学与现代主义蔚然成风，逐渐占据了文学界的主流，而这则伴随着文学评价标准的重大变化，那就是从革命化到现代化、从人民文学到精英文学的转变。在这一过程中，以"重写文学史"的兴起为标志，对"人民文学"的评价逐渐走低，以"写什么和怎么写"的讨论为中心，对现实主义作品的评价也逐渐走低，或许在一个渴望转变与新异的时代，这样的变化也是难免的，要等到一个新的时代，我们才能对之进行客观冷静的评价。

在 1990 年代，市场化大潮席卷而来，文学界与知识界也产生了分化与争论，1993 年、1994 年发生的"人文精神大讨论"突显了作家与知识分子面对市场大潮的分歧，一些作家与知识分子热烈拥抱市场化与世俗化大潮，而另一些作家与知识分子则在市场大潮中坚守道德理想，或者坚守个人的岗位意识。与此同时，大众文化迅速崛起，影视与流行音乐逐渐占据了文化领域的中心位置，文学的位置开始边缘化。在文学界内部，伴随着金庸、琼瑶等通俗小说的流行，以前备受"新文学"压抑的通俗文学获得了重新评价的机会，从鸳鸯蝴蝶派到张恨水，从还珠楼主到港台新武侠，都获得了前所未有的关注。"多元化"的发展突破了"新文学"的界限，而逐渐开始向通俗文学、流行文学开放，文学评价的标准也逐渐向是否能够畅销，是否能够获得市场与读者的认可转移。在这样的潮流中，"新文学"的传统趋于边缘化，"人民文学"则处于边缘的边缘。但是在知识界，也出现了重新评价左翼文学的"再解读"思潮，他们从现代化、现代性的视角重新审视左翼文学的经典作品，对之做出了与革命史视野不同的阐释，不过这种解读更多借助于西方的"市民社会""公共空间"等理论资源，其中不乏深刻的洞见，但也有失之凿枘不合之处。发生在1997年、1998年的"新左派与自由主义论争"，显示了80年代新启蒙知识分子的分裂，他们在如何认识中国、如何评价中国革命、如何看待中国与世界等诸多问题上产生了深刻分歧，自由主义者更认可西方的普世价值与世界体系，但是新左派借助于新的理论资源，更认可中国道路的主体性与独特性。这一论争是20世纪最后一场思想论争，也是迄今为止影响最大的思想争鸣，这一论争主要发生于人文领域，其中很少看到文学知识分子的身影。但这一论争涉及对中国革命与红色经典的评价问题，也为人们重新认识红色文学打开了新的视野。

在21世纪最初10年，市场化大潮与大众文化的深刻影响仍在持续，但是在文学界内部，又出现了新的因素，那就是网络文学的迅速崛起，网络文学借助新的媒体形式，形成了一种新的文学生产、传播与接受方式，也形成了一种新的文学观念与文学模式。在观念上，网络文学打破了"新文学"以来的文学内涵，"新文学"将文学视为一种严肃的精神或艺术上的事业，无论是左翼文学、自由主义文学、"为艺术而艺术"，还是"改革文学""先锋文学""寻根文学"，中国现当代文学史上彼此相异与争论的诸多文学思潮，其实都分享着这样共同的文学观念，但是网络文学的出现却改变了这一共识，网络文学重视的是文学的消遣、娱乐、游戏功能，并将之推向了极致，而不再注重文学的教化、启迪、审美等功能，这极大地改变了文学的定位与整体格局。网络文学的盛行催生了穿越、玄幻、盗墓等不同的类型文学，并逐渐形成了一整套成熟的商业模式。与此同时，在更加市场化的环境中，通俗文学占据了越来越多的市场份额，"新文学"与"人民文学"的传统被进一步边缘化，主流文学界只有依靠体制的力量——作协、期刊、出版社——才能够生存下来。在这种情形之下，"底层文学"作为一种新的文艺思潮兴起，对80年代以来日趋僵化的"纯文学"及其体制进行了批判与超越，在文学界与社会各界引起了广泛关注。有论者将"底层文学"与"人民文学"的传统联系起来，但围绕这一议题也发生了分歧与争论，纯文学论者竭力贬低底层文学与"人民文学"的传统，但更年轻的一代研究者对之则持更为积极的态度。在文学研究界同样如此，新世纪以来，"左翼文学""延安文艺""十七年文学"逐渐成为文学界关注与阐释的热点问题，更年轻的学者倾向于从肯定的视角重新阐释"人民文学"及其经典作家作品，但他们的努力常被主流文学界视为异端与另类。

在21世纪第二个10年之初，市场化与大众文化进一步发展，网络文学及其商业模式则更趋于成熟，逐渐形成了"三分天下"的整体文学格局，即纯文学（严肃文学）、畅销书、网络文学三者各据一隅，纯文学（严肃文学）以期刊、作协、评奖为中心，畅销书以出版社与经济效益为中心，网络文学以点击率与IP改编为中心，各自形成了一套相对独立的文学运转与评价体系。但在2014年，这一整体格局开始发生转变。2014年及其之后，习近平总书记发表《在文艺座谈会上的讲话》等一系列关于文艺问题的重要论述，这是继毛泽东《在延安文艺座谈会上的讲话》之后，我党最高领导人首次系统阐释对文艺问题的观点，讲话所提出的"坚持以人民为中心的创作导向""文艺不要做市场的奴隶""创作是自己的中心任务，作品是自己的立身之本"等观点，继承了我党"文艺为人民服务，为社会主义服务"的优秀传统，又对文艺界出现的新问题、新现象、新经验做出了分析与判断，为新时代文艺的发展指明了方向，已经改变了并将继续改变文学界的整体格局。

改变之一，是"人民文学"的传统得到弘扬。自20世纪80年代中期以来，"人民文学"传统先后遭遇"先锋文学"、通俗文学、网络文学等巨大变革的挑战，日渐趋于边缘化，虽曾以"底层文学"的名义短暂复兴，而并没有得到主流文学界的认可，但"以人民为中心的创作导向"提出之后，极大地扭转了文学界的整体状况，"人民文学"传统受到重视，红色文学的经典作品也得到重新阐释与更大范围的认可。

改变之二，是"新文学"的观念得以传承。中国的"新文学"虽然有内部不同派别的论争以及不同历史时期的巨大断裂，但却都将文学视为一种精神或艺术上的事业，这一点与通俗文学、类型文学注重消遣娱乐有着本质的不同，习近平总书记系列讲话中将作家艺术家视为"灵魂的工程师"，将文艺视为中华民族伟大复兴进程中的重要力量，指出"文艺是时代前进的号角，最能代表一个时代的风貌，最能引领一个时代的风气"，在这一基点上鼓励探索与创新，这是对新文学观念与传统的认可、尊重与倡导。

改变之三，是"三分天下"的格局得以改观。"三分天下"是各自形成了一套相对独立的文学运转与评价系统，但习近平总书记系列讲话是对文艺界整体讲的，也是对文学界整体讲的，不仅包括纯文学（严肃文学）界，也包括通俗文学、网络文学等领域，目前通俗文学、网络文学领域已经发生了巨大的变化，比如官场小说的转型、科幻小说的兴起，以及网络小说更加关注现实题材，更加注重现实主义等，"三分天下"的格局有望在相互竞争与争鸣中形成一种新的、开放而又统一的评价体系。

但是从另一个角度来说，现在的改变仍然只是初步的，一个突出的表现是《创业史》等人民文学的经典作品虽然得到了国家与政治层面的推崇，也得到了知识界愈发深入的研究，但是在主流文学界并没有内化为重要的写作资源与参照，很多作家心目中的理想作品仍然是中国古典、俄苏19世纪批判现实主义以及欧美20世纪现代派作品，并未真正将"人民文学"作为自己可资借鉴的重要传统；另一个突出表现是习近平总书记《在文艺座谈会上的讲话》发表已经5年，但并没有真正出现"以人民为中心的创作导向"的经典作品，现有的艺术性较高的优秀作品并没有坚持以人民为中心的创作导向，而有些试图坚持以人民为中心的创作导向的作品则在思想性、艺术性上存在不少缺憾，并没有达到更高层次上的融合与统一。这似乎也很难归咎于作家努力得不够，一个人思想观念的转变是艰难的，而新时期以来"人民文学"及其传统的不断边缘化，红色文学被贬低几乎成为文学界的集体无意识，要转变这样的观念，需要我们做出更加艰苦的努力。

在今天，我们需要在新的时代背景下重新认识"人民文学"的合理性与历史经验，重新梳理新中国前三十年与后四十年文学的关系，重新理解文学与人民、时代、生活的关系，面对 21 世纪正在渐次展开的历史，我们应该从"人民文学"中汲取理想主义等稀缺性精神资源，从而创造中国文学新的未来。

在这种情况下，青海人民出版社编辑出版的《时代记忆文丛》显示了历史性与前瞻性的眼光，将对重新认识和发掘"人民文学"的精神资源，传承"人民文学"的优秀传统产生重要影响。此套丛书邀请前沿学者或熟谙作品的作者子女选编人民文学代表作家的代表作品，选编丁玲、贺敬之、郭小川、李季、艾青、臧克家、赵树理、孙犁、田间、李若冰等经典作家。每种选编作品前置有一篇序言，系统介绍作家生平、创作，梳理关于他们的研究史与评价史，既有历史与文学价值，也具有新时代的眼光与视野，可以让我们看到这些文学前辈是如何在与时代、人民、生活的融合中进行艺术创作的，他们的经验值得我们借鉴，他们的作品值得我们学习。新时代的中国作家只有自觉地继承"人民文学"的传统，才能在"坚持以人民为中心的创作导向"中大有作为，我们期待这套丛书能够为新时代作家的艺术创作提供可资借鉴的资源，也期待这套丛书能受到广大读者的喜爱与欢迎。

2019 年 10 月 28 日

代　序

郭小川的意义

谢冕

　　郭小川是中国当代一位杰出的诗人。和历史上任何一位杰出诗人一样，他的创作灵感来自对于他所生活的时代的真实感受和独特的情感经历，他的诗也因而成为那一时代精神的体现者。二十世纪五十年代是郭小川创作的成熟期，并由此走向高潮。我们回顾历史不难发现，正是郭小川以他最初的昂扬蓬勃的歌唱，传达了那个从衰败走向新生的新时代的乐观激情。一曲《向困难进军》传出了那个万象更新时代的典型的声音。郭小川于是成为中国诗歌史上的颂歌时代和政治抒情诗创作的最具代表性的诗人。

　　作为诗人，郭小川的意义不仅仅在于他与他对他所亲历的现实生活以及特定的时代精神的独特把握，和同时代的诗人相比，还在于他具有更大的超越性。在那个思想和艺术都推行标准化的特殊时代，郭小川保持了诗人最可贵的独立精神。在统一的意志和理念受到推崇的年代里，进行独立的思考并通过独特的艺术予以表达的创造性劳动，其所要付出的代价，是后人难以想象的。郭小川在那个年代里，堪称是一位艰难坚持的强者。

在《白雪的赞歌》中，他深入了没有爱情时代的爱情禁区，甚至踩上了那时可称为异端的"第三者"题材的雷区；在《深深的山谷》中，他的思考进入了严酷环境和严格纪律约束下，知识分子的内心苦闷乃至因渴望自由而绝望的悲剧主题；在《一个和八个》中，他甚至无所畏惧地把笔触伸向了当日令人望而生畏的人性的领域；特别是那首受到公开批判的《望星空》，在那里，诗人面对浩瀚的星空，纯真的心灵无意间触及了宇宙久远，人生短暂的文学最具魅力的永恒话题。这些，远不是这位诗人创作的全部。但仅就上述这些话题的其中任何一项，当日都可以使诗人遭到雷殛。而生在那个严酷年代的郭小川，却似一个极地的探险者，坦然面对那一切可能降临的灾难。

郭小川创作最重要的那些年代，也是中国诗歌艺术走向严重的单调划一的年代。但是自五十年代至六十年代，郭小川的创作却与那个时代的整体状态构成极大的反差。五十年代他首写旨在政治鼓动的"楼梯诗"获得了成功，四方传诵，影响甚大。但他并不就此止步，以此为起点，从五四新诗传统，从民歌，也从古典诗词歌赋，广泛吸收各种艺术养分，用来丰富自己的创作。在这个期间，他多方尝试，屡写屡变，屡变屡新。时而短句，时而铺排，时而简洁，时而繁丽，从《林区三唱》《将军三部曲》到《厦门风姿》《甘蔗林——青纱帐》，在艺术贫瘠而停滞的年代，他创造了一种奇迹——他的充满活力的艺术创新，在灰暗的底色上画出了一道活泼鲜丽的风景。

郭小川是在中国革命环境中成长起来的诗人。他的修养与气质均与这个他视为神圣的事业有关。他对中国革命的倾心和真诚，已经成为他的诗歌的灵魂。这从他的所有诗歌中（包括那些常被目为"毒草"的诗）均可感受到。他从来未曾改变过这种信念，直至生命的最后一刻。从这点看，郭小川是真诚而单纯的，但正由于他是真诚而单纯的诗人，从诗出发，他当然会感到当日诗歌的严重匮缺。诗歌能离开艺术的多样性吗？诗歌能不涉及人的情感的丰富性吗？这些疑问，催使他在危险的岁月对诗歌艺术作危险的探寻。

在思想禁锢的年代，创新意味着违逆甚至"背叛"，接连不断的"批判"不仅给他带来伤害，而且造成心灵的隐痛。于是，单纯的诗人在单纯的年代就变得并不单纯了。围绕郭小川诗歌的诸多争议和批判现在已成了历史。在现在看来，一切是那样的清楚明白，但在当日，却是扑不去、理不清的疑团迷雾。好在历史翻开了新的一页，郭小川就是这样给我们提供了关于文学和诗的历史思考的沉重话题。他的苦难给我们以启迪，如今已成了我们的财富。

郭小川欢乐地迎接了中国社会的新生，他以优美而动人的诗歌颂赞过他曾经为之奋斗的新生的社会，后来他又被痛苦地推入深渊。直至那个难忘的秋天的胜利带来了狂喜，他又在那场狂喜到来的时候消失在狂喜的烈焰之中。他没能和我们一道分享他毕生向往的思想、艺术自由的权力。有许多死亡是自然而然的，但看到了胜利而未能享有胜利的死亡，却始终让人伤怀。

2000 年 1 月 12 日急就于北京大学畅春园

目录

滹沱河上的儿童团员①

①首刊于广州《文艺阵地》1940
年4月1日。

咕噜噜，咕噜噜，

滹沱河水在歌唱，

滹沱河波放金光，

屹立在河岸的儿童团员呀，

——滹沱河的儿子，

你闹什么勾当？②

②滹沱河一带土语，意即："你做
什么事？"

看你是多么不调和！

高高的红缨枪，

拿在你这矮小的孩子的手上。

可是，你会说：

"别瞧我小呀，

我把守着晋察冀的哨岗。"

当你那小眼睛闪光，

枪刃闪光，

河波闪光，

你那铜铃般的声响，

打向路上的对方：

　"路条！"

那人就得赶快把它递给你。

你，这晋察冀的臂膀！

你的锐利的眼睛，

时时向路上张望，

一听到河水的歌唱，

你唱得比河水更悠扬：

　"滹沱河，长又长，

你是我的大姨娘；

滹沱河，粗又粗，

你是我的大姑姑。"

咕噜噜，咕噜噜，

河水呜咽着走向远方。

　"姨娘遭殃我帮忙，

姑姑遭殃我拿枪。"

一回头，那密密的柿子黑枣，

把你眼珠照红：

　"柿子红，

黑枣青，

咕咚——

掉到河里叫水冲，

一冲冲到县政府，

一冲冲到八路军营，

大家吃个饱，

一齐去打日本兵。"

那面，一个战士骑马来了，

于是，你的小嘴笑得像红樱，

小手拔起葱绿的草，

献给马上的兵，

大马把你比得那么小，

你那清脆的话语突破天空：

"同志，同志，

给你这把草，

把你这大马喂得胖胖的，

骑上一股风，

去打平山城③！"

战士给你敬个举手礼去了，

你呆呆地望着，一动也不动……

你怀念起那可爱的平山城，

你的心儿像河水一般汹涌！

两年前，你跟爸爸进城去卖黑枣，

那儿你吃了一肚子烧饼，

今儿你只能看河水流向东，

你不能再去吃烧饼。

③平山城在滹沱河畔，为敌人所占，而以西之滹沱河流域都是晋察冀边区所属。

日本鬼子把城烧得精光，

把人杀个干净……

想一想，你唱起歌来像敲钟：

"我们在太行山上，

我们在太行山上，

敌人从哪里进攻！

我们就让他在那里灭亡……"

咕噜噜，咕噜噜，

滹沱河水在歌唱，

滹沱河波放金光，

屹立在河岸的儿童团员呀，

———滹沱河的儿子！

你干出了英雄的勾当。

                    1939 年 8 月写于晋察冀边区

骆驼商人挽歌①

——塞上草之三

①首刊于上海《大美报》1940 年 4 月 25 日。

行走在长城上的骆驼商人队遭受了日机的轰炸，一个商人搂抱着他的骆驼同时倒下了……

大风沙里，
忠毅的旅人呵！
你搂抱着你那笨重的
最亲昵最疼爱的伙伴
颓然倒下了！
像一座崩塌的山岩。

风在叫嚣，
黄沙在飞走，
你俩的血搅在一起
汩汩地流……

你们来自西口，

想从脚下磨来你们的吃喝，

骆驼载着重荷，

你拉着骆驼。

无期的旅行，

无尽的折磨，

全靠你俩交互的抚爱；

什么辛艰苦难

都被你们跨过！

爬山，

渡河，

走沙漠……

永作异乡的生客；

你们是最耐心的拓荒者，

你们是中国式的探险家。

而今天呵！

"你俩如此安静——

让血任意流吧，

我们的血已淹没了

产自东洋

绽放在长城上的炸弹花，

从血灌溉的土地上生长的
将是更鲜丽的花朵呀！”

你却还固执地抱着骆驼，
诚朴的旅人呵！
当你吐出一口气的时候，
你猛力抖擞你
惯于行走的生毛的腿，
瞪大看惯远方的眼睛，
张开你的嘴，
而是无声息地缄默……

赶快听吧，
那整个中国草原上的
比炸弹还宏大而铿锵的
突破旷野的挽歌。

1939 年 8 月晋察冀草

1940 年 3 月抄改

①首刊于上海《大美报》
1940年4月25日。

热河曲①
——忽然想起我的家

春呵，

温煦的日子，

我的枪柄不再冷得沾住皮肤，

阳山坡蒙上一层草桠的淡青，

(山是我最亲近的友人，)

春呵，让我向你庄严地立正吧，

当作一个战士的尊敬的欢迎。

原谅我，

我没有清脆的喉咙，

(只长了喊惯"一二三四"的

沙哑的嗓子，)

不能唱首愉快的颂歌

给你听——

我忽然想起我的家，

我家在辽远的热河，

——那广漠的山之国呵！

我记得，

七年前，

那儿也有瑰丽的春天，

暖和的金黄的太阳光，

照着爸爸耕种，

照着妈拿银亮的针补缝，

照着我童年的

香甜而安宁的梦。

六个春天了，

在少年流浪的行旅中，

我顶爱睡觉，

为要多梦几次呀，

每次每次

我家好像全没有变动，

对门的南山还是那么乌蓝，

罂粟花开得一片粉红，

天空飞翔着稳重的风筝，

爸爸还是健壮地劳作，

妈还是那末年轻，

就连那两只白洁的母鸡，

也照样下了蛋便骄矜地

吵叫哄哄……

春呵，

今年这温煦的日 [子] 到来时，

我们这行伍，

正奔跑于游击的旅程，

我几乎辨识不出这是春天。

辨识不出呵——

那叫嚣的飞机在天空纵横，

那炮弹呜咽地嘶鸣，

风呵，吹散着血腥，

树呵，结着腐臭的人头，

村落呵，枯黑又冷静，

春天逃窜得没有踪影。

于是，我觉察了，

我曾有着多么荒唐的梦！

七年的记忆重新复活，

七年前的那个春天，

我家也是这样光景——

什么都是空寂清冷的，

除了一列漫长的嘈杂的

逃难的人流……

妈死于中途的疾病，

爸爸涕泣又叹息，

我哭诉向春风……

但，今天，

我的眼睛没有一颗泪珠，

(哭的本能也许失去了吧!)

我却如此酷爱身边的

枪呀，马呀，草鞋呀，

虽然我家的记忆有时

系住我，

而我常常骄傲地一笑。

我将永远笑着，

走向战斗的原野，

同我的伙伴们一起，

享乐一个绚烂的春天。

"热河事变"②七周年的第十天写于黄河岸

② 1933 年 3 月 4 日热河省省会
承德市被日本军队侵占。——编者
注

①首刊于《大众文艺》1940
年8月第1卷第5期。

我们歌唱黄河①
——为绥德二百余人的"黄河大合唱"演出而作

我们在河边上住了几百代，

我们对黄河有着最深的乡土爱，

我们知道河边上

  有多少村庄，

    多少山崖；

我们知道

  什么时候浪头高，

  什么时候山水来；

    我们歌唱黄河，

    也歌唱我们的乡土爱。

来呀，

  今天这样好日子，

  为什么不唱起来！

来呀，

  今天这样好日子，

  你还把谁等待！

来呀，

　　你们这脸上没有胡子的，

　　　　额上没有皱纹的，

　　这正是我们歌唱的时代！

来呀，

　　你们这和强盗厮杀的战士们，

　　　　和浪涛搏斗的水手们，

　　　　和土地拼命的农民们，

　　大胆地跳上舞台！

唱吧，

　　今儿天上没有阴霾，

　　你爱呼吸就呼吸个痛快；

　　今儿天上缀满星星，

　　给我们生命无限的光彩；

　　今儿这广大的黄河西岸

　　　是你的舞台，

　　　是我的舞台，

　　　是大家的舞台。

唱吧，

　　你敲家伙，

　　我道白，

扬起你的歌喉，兄弟，

泛起你的酒窝呀，朋友！

我们唱出黄河的愤怒，

唱出黄河的悲哀，

让我们集体的歌声

和黄河融和起来！

唱吧，

我们的歌声

不叫敌人过黄河！

唱吧

我们的歌声

不许我们周围有破坏者！

我们不停息地唱，

我们不停息地歌，

直到这北方的巨流——

属于工人的河，

属于农民的河，

属于学生旅行的河，

属于青年人唱情歌的河，

属于将士胜利归来饮马的河……

那时候，我们站在河岸上

静静地听

黄河给我们唱

最动人

最快乐

最幸福的歌。

1940 年 5 月 4 日陕北绥德

草 鞋①

①首刊处不详，此据作者的诗集《投入火热的斗争》。

预备号刚刚落音，
我就换上我的草鞋
跑步，钻进我的同志之群去了。

班长说：
"你的草鞋真漂亮……"
我涨红了脸，低下头……
而出发的号音正响起来，
我就淹没在一条草绿色的
无数的人群的河流里
冲走了。

……而我发现
我的同志们都穿的是草鞋。
我是多么地快活呀，
他们的好像比我的更美丽。

啊，那不像是草鞋，

那是鲜艳的小野花群。

草鞋排成行列

行过绿色的草原，

有如野花漂游在蓝澄的溪水面上。

不，那好像又不是野花，

那是一列彩色的小鸟，

一个小鸟追逐着一个小鸟，

以它英雄的姿影

炫耀给世界。

草鞋的尖顶

结着骄傲的彩球：

圆圆的，

毛茸茸的，

摇着头而泛着光丝的……

草鞋的羽翼

呈着反叛的色调：

像旗帜那么殷红的，

像野葡萄那么紫得大胆的，

像小草那么绿得年轻的……

草鞋的上面

有阳光

有小风
抚以温情的热吻。
草鞋的底下
有大地
有浅草
唱着沉洪的壮歌。

可是，这美丽的草鞋，
却忠实地卫护着我的同志的脚，
像旱地里的船只
载着这光荣的旅客。
草鞋是负着我的同志的光荣，
正如土地，以负着草鞋的光荣
而引为骄傲呢。

我的同志个个都是年轻力又大，
我的同志的脸都亮着黑红，
我的同志的眼睛都闪着深沉的骄傲，
我的同志的心都跳着勇敢，
我的同志的喉咙都含着无声的战歌，
我的同志的枪光闪烁，
我的同志的步武轩昂，
我的同志的草鞋呀，
是无限奋激地向前奔行。

而我发现

我也是其中的一个呀!

我是如此快活——

快活得好像已不是穿着草鞋走路,

像是骑着小鸟,

飞驰在祖国的神圣的天空上了。

1941 年 7 月于延安

①首刊于《人民文学》1955
年第 10 期，副题为"——致
青年公民，并献给全国青年社
会主义建设积极分子大会"，
署名马铁丁。

投入火热的斗争①

"喂

年轻人！"

——不，我不能这样称呼你们，

这不合乎我的

　　　　　　也不大合乎你们的身份。

嬉游的童年过去了，

于是你们

一跃

而成为我们祖国的

　　　　　　精壮的公民。

也许

　　你们心上的世界

　　如蓝天那样

　　　　　明澈而单纯，

　　就连梦

都像百花盛开的旷野

那般清新……

然而迎接你们的

却不尽是

小鸟的

悦耳的歌声，

在前进的道路上

还常有

凄厉的风雨

和雷的轰鸣……

祖国

它无比壮丽

但又困难重重呵！

在那遥远的海上的早晨，

高悬五星红旗的

崭新的轮船，

满载了货物

迎着太阳的万道金光

在远方隐没；

而帝国主义的机群

却正载着

仇恨和惊惶

呼啸而过。

成群结队的货车

在青藏公路的中途停歇下来了，

草绿色的帐幕

　　　　　　在晚霞的光照下

　　　　　　　　　　海浪般闪烁；

这时，在一万公尺以上的高空，

敌人的飞机

　　　　　有时会

　　　　　　　忽然掠过，

而带着凶器和电台的特务匪徒

　　　在黑夜中

　　　　　暗暗降落。

当飞鸟离窠的时候

田间大路上

　　　　　扬起了欢乐的歌声，

农民们赶着牲口

把一束束成熟了的庄稼

　　　　　　　　运回生产合作社，

而隐伏在林子里的富农

　　　　　　敌意地探视着，

要寻找一切机会

　　　　　挑起乡村的纷乱和风波。

在喧闹的城市

　　　　　——这社会主义的中心

汽笛的声浪

豪迈地向四方

传播，

工人们不倦地

边走边谈着

明天的工作；

这时，资产阶级的反动人物

正奢华而又懦怯地

大宴宾客，

不，他们是在狼一般贪婪地

聚议着什么！……

公民们！

这就是

我们伟大的祖国。

它的每一秒钟

都过得

极不平静，

它的土地上的

每一块沙石

都在跃动，

它每时每刻

都在召唤你们

投入

火热的斗争，

斗争

这就是

生命，

这就是

最富有的

人生。

不要说：

"我年纪轻轻

担不起沉重。"

不，

命运

把你们的未来

早已安排定，

你们的任务

将几倍地

超过你们的年龄。

前一代——

你们的父辈

真正称得起

开天辟地的

先锋，

他们用

热汗和鲜血

做出了

前人所梦想不到的事情，

而伟大到无边的

   事业

     却还远没有完成，

你们当然会

   加倍地英勇

     以竟全功。

上前去！

   把公开的和隐蔽的敌人

      消灭干净，

一切剥削阶级

   也要叫它

     深深埋葬在坟墓中。

只有残酷的斗争

   才能够保证

那崇高的

   和平的

    幸福的劳动。

呵呵，你们这一代

    将是怎样的

      光荣！

不驯的长江

   将因你们的奋斗

而绝对地服从

   国务院的命令，

混浊的黄河

      将因你们的双手

            变得澄清,

北京的春天

      将因你们的号令

停止了

    黄沙的飞腾,

大西北的黄土高原

          将因你们的劳动

变得

    和江南一样

        遍地春风。

光焰万丈的

      共产主义大厦

将在你们的年代

      落成。

公民们,

至于你们中间的

      每一个

那用不着

    我来说什么。

记住吧,

祖国需求于你们的

      比任何时候

都要多，

而它的给予

　　也从不吝啬，

你们贡献给它的越多，

你们的生活

　　也越光辉

　　　越广阔……

　　　　　　　　　　　1955 年 4 月—8 月写成

①首刊于《中国青年》1956
年第3期，副题为"——再
致青年公民"，署名马铁丁。

向困难进军^①
—— 再致青年公民

骏马

　　在平地上如飞地奔走，

　　有时却不敢越过

　　　　　　湍急的河流；

大雁

　　在春天爱唱豪迈的进行曲，

　　一到严厉的冬天

　　　　　　歌声里就满含着哀愁；

公民们!

你们

　　在祖国的热烘烘的胸脯上长大，

会不会

　　在困难面前低下了头?

不会的

　　我信任你们

甚至超过我自己。

不过

我要问一问

你们做好了准备没有？

我

比你们年长几岁，

而且光荣地成了你们的朋友，

禁不住

要把你们的心

带回到那变乱的年头。

当我的少年时代，

生活

决不像现在这样

自由而温暖，

我过早地同我们的祖国在一起

负担着巨大的忧患，

可是我仍然是稚气的，

人生的道路

在我看来是如此地一目了然，

仿佛

只要报晓的钟声一响，

神话般的奇迹

　　　　　就像彩霞似地出现在天边，

一切

　　都会是不可思议地美满……

呵，就在这个时候

　　　　　严峻的考验来了！

抗日战争的炮火

　　　　　在我寄居的城市中

　　　　　　　　卷起浓烟，

我带着泪痕

　　　　　投入红色士兵的行列

　　　　　　　　走上前线。

……真正的生活开始了！

可惜

　　它开始得过于突然！

我呀

　　几乎是毫无准备地

　　　　　　遭遇到一场风险。

在一个雨夜的行军的路上，

我慌张地跑到

　　　　　最初接待我的将军的面前，

诉说了

　　我的烦恼和不安：

打仗嘛

我还不能自如地往枪膛里装子弹。

动员人民嘛

      我嘴上只有书本上的枯燥的语言。

我说：

    "同志，

        请允许我到后方再学几年！"

于是

    将军的沉重的声音

          在我的耳边震响了：

"问题很简单——

不勇敢的

    在斗争中学会勇敢。

怕困难的

    去顽强地熟悉困难。"

呵呵

    这闪光的话

        像雨点似地打在我的心间，

我怀着感激

     回到我们的队伍中

         继续向前……

现在

    十八年已经过去了，

时间

　　锻炼了我

　　　　　并且为我们的祖国带来荣耀。

不是我们

　　　被困难所征服，

而是那些似乎很吓人的困难

　　　　　　　　一个个

　　　　　　　　　在我们的面前跪倒。

黑暗永远地消亡了，

随太阳一起

　　　　　滚滚而来的

　　　　　　　是胜利和欢乐的高潮。

公民们

　　　我羡慕你们，

你们的青年时代

　　　　就这样好!

你们再不要

　　　　赤手空拳

　　　　　　去夺敌人手中的三八枪了，

而是怎样

　　　去建造

　　　　　保卫祖国的远射程的海防炮;

你们再不要

趁着黑夜

去挖隐蔽身体的地洞了，

而是怎样

寻根追底地

到深山去探宝；

你们再不要

越过地堡群

偷袭敌人控制的城市了，

而是怎样

把从工厂中伸出的烟囱

筑得直上云霄；

你们再不要

打着小旗

到地主庭院去减租减息了，

而是怎样

把农业生产合作社

办得又多又好……

是呵

连你们遭遇的困难

都使我感到骄傲，

可是我要说

它的威风

决不会比从前小。

社会主义的道路上
　　　　　并非
　　　　　　平安无事，
就在阳光四射的早晨
　　　　　也时常
　　　　　　有风雨来袭，

帝国主义者
　　　　　对着我们
　　　　　　每天都要咬碎几颗吃人的牙齿。
生活的河流里
　　　　　随处都可能
　　　　　　埋伏着坚硬的礁石，

旧世界的苍蝇们
　　　　　在每个阳光不曾照进的角落
　　　　　　　生着蛆……
新生的事物
　　　　　每时每刻都遇到
　　　　　　没落者的抗拒……

然而我要告诉你们
　　　　　凭着我所体味的生活的真理：
困难
　　这是一种愚蠢而又懦怯的东西，

它

　　惯于对着惊恐的眼睛

　　　　　　卖弄它的威力，

而只要听见刚健的脚步声

　　　　　　　就像老鼠似地

　　　　　　　　　悄悄向后缩去，

它从来不能战胜

　　　　　人们的英雄的意志。

我要号召你们

　　　　　凭着一个普通的战士的良心：

以百倍的

　　　　勇气和毅力

　　　　　　向困难进军!

不仅用言词

　　　　而且用行动

　　　　　　　说明你们是真正的公民!

在我们的祖国中

　　　　　困难减一分

　　　　　　　幸福就要长几寸。

困难的背后

　　　　伟大的社会主义世界

　　　　　　　正向我们飞奔。

1955 年 11 月草成

1956 年 1 月 9 日定稿

把家乡建成天堂①

①首刊于《人民文学》1956年第3期,副题为"——三致青年公民"。

公民们

　　　　——我的尊敬的朋友和兄弟!

请不必问我:

在我们的祖国

　　　　　　　什么地方最美丽?

也别叫我答复:

人,最好是住在家乡

　　　　　　　还是定居在外地?

……对于我

　　　　祖国的每一块沙土

　　　　　　　　　都是晶亮的宝石,

我愿

　　每座高山,每片平原

　　　　　　　　都印上我七寸长的足迹。

而家乡

　　我实在不想

随便把它提起，

它呀，

太容易触动

　　　我的浓酒般的思绪……

呵，长城外的

　　　生我养我的小镇哪，

在滚滚的风沙中

　　　　是不是

　　　　　　比在我小的时候更坚毅?

我家房前

　　　那与祖父同年的杏树呀

你四伸的枝叶

　　　　可又该

　　　　　　染上春天的新绿?

我知道，

　　　祖国和家乡

　　　　　是这样紧密地联结在一起，

当我想起家乡，

　　　　我的心

　　　　　　跟着就向祖国展开了双翼，

我要像鹰一样

　　　　呼吸着

　　　　　　祖国的高空的大气，

用激动得快要流泪的眼睛

看一看

我所爱的每一块土地……

呵，那跟我家乡同样偏远的

小村和小镇哪，

在社会主义高潮中

你们可也沸腾着

战斗的气息？

那在茫茫天边的

粗犷的高山和绝壁啊，

祖国的阳光

是不是

也把你们化成灿烂的金子？

然而，朋友们！

我不能

老是这样地

在无边的想象中驰奔，

我的诗句是战鼓，

要永远永远

催动你们前进，

因为

你们真正是

一支精力旺盛的新军，

人民指望着你们

为祖国

　　　　　打开幸福的金门！
那就从
　　　你们自己的家乡开始吧，
为了它
　　　献出你们的
　　　　　　瑰美的青春。
当你们的家乡
　　　　　开满鲜花的时候，
我的家乡
　　　也就会荡漾着
　　　　　　奇异的芳芬。
呵，家乡
　　　如此多情地
　　　　　　把我这长年在外的人吸引，
住在家乡的人们哪
　　　　　你们该不会
　　　　　　　嫌它落后和清贫?
公民们
　　　不要只看见
　　　　　洒满村街的
　　　　　　猪屎和牛粪，
那来来回回
　　　快乐地走着的
　　　　　有多少高尚的纯洁的人！

不要只听见

　　　　对着牲口发出的

　　　　　　　粗俗的骂声，

那合作社的

　　　　自我批评的会议里

　　　　　　　　展开了多么有趣的争论！

不要只看见

　　　　保守分子的

　　　　　　　债主似的恼人面孔，

那年老的干部的眼睛

　　　　　　闪耀着

　　　　　　　何等豪迈的党的精神！

不要只听见

　　　　反动人物的

　　　　　　　流言和蜚语，

那民校里的

　　　　少女的读书声

　　　　　　　该是多么动听的歌音！

是的，

　　生活就是这样：

有人烟的地方

　　　　就有先进的力量，

谁跟先进的力量在一起，

　　　　　　谁就过着幸福的时光。

公民们！

　　投入英雄的行列，

　　　　　　　穿上战斗员的新装，

亮开结实的大手，

　　　　掀起社会主义的狂风巨浪！

让每座高山

　　　　都发出

　　　　　　火药轰裂岩石的巨响，

让每片田野

　　　　都响彻

　　　　　　劳动的歌唱，

让每个黑夜

　　　　都布满

　　　　　　焊工手中的蓝光，

让每个拳头

　　　　都对准

　　　　　　敌人的胸膛，

凭着

　　我们自己的

　　　　　意志和力量，

把你们每一个人的家乡

　　　　　　　建设成

　　　　　　　　美好的天堂。

像我这样

住居在外地的人哪，

也要怀着

感激的心情

向自己的遥远的家乡瞭望，

我的

亲如骨肉的邻居啊，

每天每月

都要把惊人的喜报，

向我的住所传扬……

而我

决不把

你们的家乡遗忘，

在我的脚下的土地

也就是

我自己的家乡。

为了祖国

我将以全部生命

贡献给每一个地方，

当自己的家乡成了天堂的时候，

我们的祖国

也就是

我们共同的天堂般的家乡。

公民们

——我的尊敬的朋友和兄弟！

请不必问我：

在我们的祖国

        什么地方最美丽？

也别叫我答复：

人，最好是住在家乡

        还是定居在外地？

……当你们

      住在家乡的时候

        家乡就是最美丽的，

当需要离开家乡的时候，

祖国的每块土地

      都会使一个爱国者感到神奇。

1956 年 1 月 29 日深夜

人民万岁①

①首刊于《工人日报》1956年5月1日。

应当唱千万支歌

　　　　把我们的人民

　　　　　　赞美，

赞美他们不懈的勤劳

　　　　和英勇无畏；

应当作千万幅画

　　　　把我们的人民

　　　　　　描绘，

描绘

　　他们的外表的庄严

　　　　和心灵的高贵。

而画家和歌手呀

　　　　对于人民

　　　　　你们注定要欠债累累，

即使耗尽你们的天才

　　　　也不能再现

　　　　　　他们全部的英雄行为，

我们的谦逊的人民呵

　　　　　　好像从来也不需要

　　　　　　　　谁来鼓吹，

如同太阳

　　　　他们总是忠诚地又默默地

　　　　　　　　散发着光辉。

好吧，我们且把

　　　　　崇敬和感谢的激情

　　　　　　　暂时藏在心头，

冷静地看一看

　　　　　我们的人民

　　　　　　还有什么缺陷和烦忧；

呵，我们的缺陷

　　　　　再也不是什么

　　　　　　　温暖和自由，

只是我们还贫穷

　　　　　许多应当有的

　　　　　　　而现在还没有；

我们烦忧的

　　　　　再也不是债主的算盘

　　　　　　　和东家的小秤大斗，

只是我们的

　　　　　科学、技术和文化不发达

我们还落后。

不错，这是我们的

古老的历史所遗留，

可是，

在伟大的社会主义时代

我们就不能不感到愧羞！

不错，这是我们身上

仅有的病疚，

可是

对于伟大的人民

这也难以忍受！

人民呵，请告诉我：

你们

将以怎样的意志和决心

继续你们的奋斗？

人民呵，请昭示我：

你们

将以什么样的步伐

跨向时代的前头？

我们的兵士

在抗美援朝战争中

负了荣誉的伤，

他的双脚失去了

拄着双拐

复员回到自己的家乡，

而他没有眼泪

也不用残废金

来喂养那寂寞的时光，

他学成了司机

跟他的拖拉机一起

奔驰在祖国的原野上。

我们的姑娘

曾经是穷苦人家的

一个卑贱的童养媳，

在她的童年

哪一天不在风前战抖

在灶旁哭泣！？

现在她站起来了

白天到地里做活

晚上去民校学习，

乡村建立了学校

于是她成了

第一任的教师。

我们的老工人

在炼铁炉旁

度过了整整五十年

他的皮肤已经折皱

而青春的血液

却没有烤干，

那昏花的眼睛

时而捕捉着书中的小字

时而对着炉火钻研，

当他七十岁的时候

人们祝贺他

被光荣地提升为技术员。

我们的青年

经历了长久的战争

与动荡的生活，

他过早地熟悉了苦难

却还来不及

在知识领域中跋涉，

但他是顽强的

用三年的时间

学完了五年的功课，

别看他那么孩子气

却已成为

真正的红色学者。

……看吧

这就是

一些活的例证，

证明我们的人民

在怎样卓越地

改变着落后和贫穷，

然而这样的人

并不是

少数超群出众的英雄，

在我们的国土上

他们多得

有如天上的星星。

他们

正在带动着

千千万万的群众，

朝着共产党所指引的

明确的目标

奋勇前行。

千千万万的群众

正亲密地

和先进的人们在一起，

沿着光荣的道路

创造着

前所未有的光荣。

全世界的友人们

请大胆地

给我们以信任，

我们不会辜负

你们的热烈的期望

和善意关心，

无论什么时候

我们都要保持着

固有的谦逊，

弥补我们的不足

顽强地

向科学、技术和文化进军。

狂妄的帝国主义者呀

请止步

不要到这里行凶！

无论哪里的人民

总要比你们这批吸血动物

百倍聪明，

听见了吧

伟大的时代

已经为你们敲响了丧钟，

而一个现代化的

社会主义工业大国

就要在我们手下诞生。

我们的画家和歌手呵

面对着我们这样的人民

难道还感到气馁！？

在我们这样的人民面前

怎么能够不

高声地欢呼万岁！？

应当唱千万支歌

把我们的人民

赞美，

赞美

他们不懈的勤劳

和英勇无畏，

应当作千万幅画

把我们的人民

描绘，

描绘

他们的外表的庄严

和心灵的高贵。

1956 年 4 月 15 日草

4 月 29 日改成

致大海^①

①首刊于《诗刊》1957 年第 2 期。

大海呵，

我又一次

来到你的奇异的岸边。

……无须频频的招手，

也不用那令人厌倦的寒暄。

厚重的情谊

常像深层的海水

——并不荡起波澜。

没有朗朗的大笑，

也没有苦咸的眼泪

滴落在风前，

在我胸中涌起的

是刻骨铭心的纪念。

我自己呀，

从来也不是

剽悍而豁达的勇士，

无端的忧郁

像朝雾一样

　　　　　蒙住了我的少年。

小小的荣誉或羞辱，

总是整夜整夜地

　　　　　　在我的脑际纠缠，

我反抗着，怨恨着，

只不过是为了个人的命运

取得些微的改善。

在一个秋天的

　　　　　　没有月亮的夜晚，

我，如同一只失惊的猫，

跳出日本侵略者的铁栏。

载着沉重的哀愁

偷偷地，偷偷地

登上那飘着英国旗的商船。

统舱里，充塞着

陈货和咸鱼的腥臭气味，

被绑着手脚的浮尸

在船边激荡起来的

　　　　　　带血的泡沫中打旋。

当黄色的波涛，

吞没了岸上的灯火，

我也仿佛沉入海底，

周围是无边无际的黑暗。

夜风呀，

吹去了

　　　一个知识分子的可怜的梦幻，

残忍的世界哟，

何处才有

　　　　这个脆弱的生命的春天？

呵，真是神话般的奇遇啊！

——当黎明降临时

伴随着太阳向我迎来的

竟是一条发亮的黄金似的海岸。

……我甚至来不及站在岸边

谛听大海的深沉的咆哮，

也不曾想起

　　　　　要问一声早晨好，

少年的倨傲的心

又重新在我的肋骨中暴跳，

我急速地迈着英武的步子，

踏上了海滨的林荫大道。

我毫不思索人生，

也无心去追寻

　　　　　　大海的奥妙，

放浪地躺在软和的沙滩上，

足足睡了三个香甜的午觉；

又跟一位比我更自负的同伴

在高谈阔论中

　　　　　度过三个通宵。

第四天，在阳光满地的清早，

我又匆匆地走了。

我走了，带走的记忆是什么呢？

无非是来时的渺小的哀愁，

去时的稚气的欢笑；

我走了，目的何在呢？

与其说是为灾难中的祖国报效，

不如说是为了在反抗侵略的战争中

索取对于个人的酬劳。

大海呵，

你刚健而豪迈的声响，

并没有给我的心灵以感召。

你的博大与精深

也不曾改变

　　　　　我的胸怀的狭小。

呵，殷红的大旗，

把我卷进了西北高原的风暴，

一只跛了腿的驴子

把我驮到一座古老而破落的城堡，

在那里，我换上了

灰布的军装，

随后，一声号令

把我喝上了战斗的岗哨。

而党的思想和军队的纪律

这时就以其特有的真理的光辉，

无孔不入地把我的身心照耀，

而死神则像影子一样

追踪着我，并且厉声逼问我

——你是战斗，还是逃跑？

我不久就被折服了，

纵然我的心中

    也有过理所当然的烦恼；

我再也不想到别处去了，

因为我已经渐渐地

    与周围的世界趋于协调。

北方的风沙的呼啸之声，

在我的耳边

    变为使我迷醉的音乐，

而遥远的海洋呢

我已经忘记了

好像在梦中都不曾见到。

呵，大海，又是神话般的奇遇啊！

——今天我再一次

来到你的黄金似的岸边，

以战士的激情

　　　　　默默地向你致敬。

……那平静的海滨

立刻出现了红楼绿树的倒影，

那里，好像站着一位旅店的主人，

对着他所熟识的宾客笑脸相迎。

小群小群的渔船也向岸边驶来，

白帆，好像海鸥扇着翅膀，

向久别的亲人传送柔情。

而我呀，好像还是在火线上那样，

为了一种神圣的爱

甚至甘心情愿

　　　　　　献出自己的生命，

不，好像世界上已经没有了我，

我就是海，

我的和海的每一呼吸

　　　　　　　　都是这样息息相通。

高大的天空，

成了最有天才的画家，

不住地把那雄劲的大笔挥动，

它给大海涂上万种色彩，

而且变幻无穷。

爽朗的风

仿佛无所不能的神仙，

迈着轻捷的脚步在海上巡行，

它到了哪里，

哪里就开出云朵似的浪花，

发出金属般的回声。

巨大的太阳

如同点石成金的术士，

用它的神妙的手把大海拨弄。

那无数条水波变成了无数条金鱼，

放肆地跳跃着，挤撞着

展开了一场火烈的战争。

无边的海面，

仿佛一个顶天立地的巨人，

袒露着他的硕大无比的前胸，

让一切光波在这里聚会，

让一切声音在这里喧腾，

让一切寒冷者在这里得到温暖，

让一切因劳累而乏困的人

在这里进入幻丽和平安的梦境。

大海呵，

在你的面前，

我的心

　　　　久久地、久久地不能安静。

我并不是太愚蠢的人，

可是为什么，为什么不能更早些

开始你那样的灿烂的人生！

太多的可耻的倦怠，

太久的昏沉大睡，

代替了你那样的勤奋和清醒；

无聊透顶的争执，

为了小小的不如意而忧心忡忡，

代替了你那样的大度和宽容；

孤高自傲的癖性，

只会保护自己的锐敏的神经，

像梦魇似地压住了你那样的广阔的心胸；

生活的琐屑与平庸，

无病呻吟而又无事奔忙，

像垃圾一样

    填塞住像你那样的远大的前程。

现在，我总算再一次地

悟到了我的明哲的神圣，

让你的圣洁的水

洗涤洗涤我的残留着污迹的心灵。

呵，大海，在这奇异的时刻里，

我真想张开双手

     纵身跳入你的波涛中。

但不是死亡，

而是永生。

我要像海燕那样，

吸取你身上的乳汁

去哺养那比海更深广的苍穹。

我要像朝霞那样，

在你的怀抱中沐浴，

而又以自己的血液

　　　　　　把海水染得通红；

我要像春雷那样，

向你学会呼喊，

然后远走高飞

　　　　　去吓退大地上的严冬。

我要像大雨那样，

把你吐出的热气变成水滴，

普降天下，使禾苗滋长，

使大海欢腾……

　　　　　　1956 年七月初稿，在青岛
　　　　　　1956 年 12 月改，在北京

望星空①

①首刊于《人民文学》1959年第11期。

一

今夜呀，

我站在北京的街头上，

向星空了望。

明天哟，

一个紧要任务，

又要放在我的双肩上。

我能退缩吗？

只有迈开阔步

踏万里重洋；

我能叫嚷困难吗？

只有挺直腰身

承担千斤重量。

心房呵，

不许你这般激荡！

此刻呵，

最该是我沉着镇定的时光。

而星空，

却是异样的安详。

夜深了，

风息了，

雷雨逃往他乡。

云飞了，

雾散了，

月亮躲在远方。

天海平平，

不起浪，

四围静静，

无声响。

但星空是壮丽的，

雄厚而明朗。

穹窿呵，

深又广。

在那神秘的世界里，

好像竖立着层层神秘的殿堂。

大气呵，

浓又香。

在那奇妙的海洋中，

仿佛流荡着奇妙的酒浆。

星星呀，

亮又亮。

在浩大无比的太空里，

点起万古不灭的盏盏灯光。

银河呀，

长又长，

在没有涯际的宇宙中，

架起没有尽头的桥梁。

呵，星空，

只有你，

称得起万寿无疆！

你看过多少次：

冰河解冻，

火山喷浆！

你赏过多少回

白杨吐绿，

柳絮飞霜！

在那遥远的高处，

在那不可思议的地方，

你观尽人间美景，

饱看世界沧桑。

时间对于你，

跟空间一样

无穷无尽，

浩浩荡荡。

二

呵，

望星空，

我不免感到惆怅。

说什么：

身宽气盛，

年富力强！

怎比得：

你那根深蒂固，

源远流长！

说什么：

情豪志大，

心高胆壮！

怎比得：

你那阔大胸襟，

无限容量！

我爱人间，

我在人间生长，

但比起你来，

人间还远不辉煌。

走千山，

涉万水，

登不上你的殿堂。

过大海，

越重洋，

饮不到你的酒浆。

千堆火，

万盏灯，

不如一颗小小星光亮。

千条路，

万座桥，

不如银河一节长。

我游历过半个地球

从东方到西方。

地球的阔大幅员，

引起我的惊奇和赞赏。

可谁能知道：

宇宙里有多少星星，

是地球的姊妹行！

谁曾晓得：

天空中有多少陆地，

能够充作人类的家乡！

远方的星星呵，

你看得见地球吗？

—— 一片迷茫！

远方的陆地呵，

你感觉到我们的存在吗？

—— 怎能想象！

生命是珍贵的，

为了赞颂战斗的人生，

我写下成册的诗章；

可是在人生的路途上

又有多少机缘，

向星空了望！

在人生的行程中，

又有多少个夜晚，

见星空如此安详！

在伟大的宇宙的空间，

人生不过是流星般的闪光。

在无限的时间的河流里，

人生仅仅是微小又微小的波浪。

呵，星空，

我不免感到惆怅！

于是我带着惆怅的心情，

走向北京的心脏……

三

忽然之间，

壮丽的星空，

下子变了模样。

天黑了，

星小了，

高空显得暗淡无光；

云没有来，

风没有刮，

却像有一股阴霾罩天上。

天窄了，

星低了，

星空不再辉煌。

夜没有尽，

月没有升，

太阳也不曾起床。

呵，这突然的变化

使我感到迷惘，

我不能不带着格外的惊奇，

向四围寻望：

就在我的近边

在天安门广场，

升起了一座美妙的人民会堂；

就在那会堂的里面，

在宴会厅的杯盏中，

斟满了芬芳的友谊的酒浆；

就在我的两侧，

在长安街上，

挂出了长串的星光；

就在那灯光之下

在北京的中心，

架起了一座银河般的桥梁。

这是天上人间吗？

不，人间天上！

这是天堂中的大地吗？

不，大地上的天堂。

真实的世界呵，

一点也不虚妄；

你朴质地描述吧，

不需要作半点夸张！

是谁说的呀——

星空比人间还要辉煌？

是什么人呀——

在星空下感到忧伤?

今夜哟,

最该是我沉着镇定的时光!

是的,

我错了,

我曾是如此地神情激荡!

此刻我才明白:

刚才是我望星空,

而不是星空向我了望。

我们生活着,

而没有生命的宇宙

既不生活也不死亡。

我们思索着,

而不会思索的穹窿,

总是露出呆相。

星空哟,

面对着你,

我有资格挺起胸膛。

四

当我怀着自豪的感情,

再向星空了望，

我的身子，

充溢着非凡的力量。

因为我知道：

在一切最好的传统之上，

我们的队伍已经组成，

犹如浩荡的万里长江。

而我自己呢，

早就全副武装，

在我们的行列里，

充当了一名小小的兵将。

可是呵，

我和我的同志一样，

决不会在红灯绿酒之前，

神魂飘荡。

我们要在地球与星空之间，

修建一条走廊，

把大地上的楼台殿阁，

移往辽阔的天堂。

我们要在无限的高空，

架起一座桥梁，

把人间的山珍海味，

送往迢遥的上苍。

真的

我和我的同志一样，

决不只是"自扫门前雪"，

而是定管"他人瓦上霜"。

我们要把长安街上的灯火，

延伸到远方；

让万里无云的夜空，

出现千千万万个太阳。

我们要把广漠的穹窿，

变成繁华的天安门广场；

让满天星斗，

全成为人类的家乡。

而星空呵，

不要笑我荒唐！

我是诚实的，

从不痴心妄想。

人生虽是暂短的，

但只有人类的双手，

能够为宇宙穿上盛装；

世界呀，

由于人的生存

而有了无穷的希望。

你呵，

还有什么艰难，

使你力不可当？

请再仔细抬头了望吧！

出发于盟邦的新的火箭

正遨游于辽远的星空之上。

一九五九年四月初稿

一九五九年八月二次修改

一九五九年十月改成

厦门风姿①

①首刊于《人民日报》1962 年 6
月 18 日。

一

厦门——海防前线呀，你究竟在何处？

不是一片片的荔枝林哟，就是一行行的相思树；

厦门——海防前线呀，哪里去寻你的真面目？

不是一缕缕的轻烟哟，就是一团团的浓雾。

荔枝林呵荔枝林，打开你那芬芳的帐幕，

知我者，请赐我以战斗的香甜和幸福！

相思树呵相思树，用你那多情的手儿指指路，

爱我者，快快把我引进英雄的门户！

轻烟哪轻烟，莫要使人走入歧途，

真理才是生命之光，斗争才是和平之母；

浓雾呵浓雾，休想把明亮的天空蒙住，

黑夜已经仓皇而逃，太阳已经喷薄而出。

厦门——海防前线呀，你究竟在何处？

外边是蓝茫茫的东海哟，里面是绿悠悠的人工湖；②

厦门——海防前线呀，哪里去寻你的真面目？

两旁是银闪闪的堤墙哟，中间是金晃晃的大路。③

二

大湖外、海水中，忽有一簇五光十色的倒影；

那是什么所在呀，莫非是海底的龙宫？

沿大路、过长堤，走向一座千红万绿的花城，

那是什么所在呀，莫非是山林的仙境？

真像海底一般的奥妙啊，真像龙宫一般的晶莹，

那高楼、那广厦，都仿佛是由多彩的珊瑚所砌成；

真像山林一般的幽美啊，真像仙境一般的明静，

那长街、那小巷，都好像掩映在祥云瑞气之中。

可不在深暗的海底呀，可不是虚构的龙宫，

看，凤凰木开花红了一城，木棉树开花红了半空；

可不在僻远的山林呀，可不是假想的仙境，

听，鹭江唱歌唱亮了渔火，南海唱歌唱落了繁星。

②从杏林到集美的长堤，把海湾拦腰截断，形成一座巨大的人工湖。
③这里的"堤墙"，指集美到厦门的长堤。

可不在冷寞的海底呀，可不是空幻的龙官，

看，榕树好似长寿的老翁，木瓜有如多子的门庭；

可不在肃穆的山林呀，可不是缥缈的仙境，

听，五老峰有大海的回响，日光岩有如鼓的浪声。④

分明来到了厦门城——却好像看不见战斗的行踪，

但见那——满树繁花、一街灯火、四海长风……

分明来到了厦门岛——却好像看不见战场的面容，

但见那——百样仙姿、千般奇景、万种柔情……

呵，祖国的花城，你的俊美怎能不使我激动！

我的脚步啊，可无论如何不能在此久停；

呵，南方的宝岛，我怎能不衷心地把你称颂！

我必须前进啊，前面才有我的雄伟的途程。

三

上扶梯、登舰艇，我驰进大海的怀抱里，

这又是什么所在呀？一切都如此令人着迷！

爬土坡、攀石岗，我深入层峦耸翠的山区，

这又是什么所在呀？一切都仿佛十分熟悉！

④五老峰，为厦门岛内山峰；日光岩是鼓浪屿的山峰；相传，鼓浪屿海中浪如鼓声，鼓浪屿因此得名。

望远镜整日在海上搜索，雷达时时在空中寻觅，

这里的每滴海水，都怀着深深的警惕；

峰岩织满了火网，高山举起了红旗，

这里的每块石头，都流贯着英雄的血液。

紫云中翻飞着银燕，重雾里跳动着轻骑，⑤

这里的每排浪花，都在追踪着敌人的足迹；

观察所日夜不息地工作，海岸炮时时向前方凝视，

这里的每粒黄土，都有着无穷无尽的精力。

海水天天扬起新潮，山头月月长出嫩绿，

这里的每根小草，都深藏着百折不回的意志；

弹坑中伸出了高树，坑道里涌出了泉溪，

这里的每朵野花，都显现着英勇无畏的雄姿。

哦，这不过是南方的一角，却集中了南方的多少生机！

大雁从这里飞过，都要带走万千春天的信息；

哦，这不过是祖国的一地，却凝聚了祖国的多少豪气！

山鹰从这里越过，都要鸣响它那饱含情热的风笛！

这到底是什么所在呀——离厦门城仅有咫尺，

竟有如此的雄风、如此的骇浪、如此的急雨！

⑤我军之轻便舰艇，有"海上轻骑"之称。

这到底是什么所在呀——就在厦门岛的高地，
竟有如此的青天、如此的白云、如此的红日！

呵，令人着迷的大海——我的老战友的新居，
把我收下吧，我的全部身心都将不再远离；
呵，我所熟悉的山区——我们的英雄的故里，
拥抱我吧，我永生永世都将忠诚地捍卫着你。

四

当我在近海里巡游，回头又见我们的海岸线
那又是什么所在呀，为什么显得格外壮观？！
当我站在高山上，脚下的城市又忽然展现，
那又是什么所在呀，为什么显得格外庄严？！

我们的海岸线哪，像彩虹似地铺在大陆的边缘，
那高楼、那广厦，正为战斗和劳动的热忱所填满；
我脚下的城市呵，像碉堡似地立在祖国的前端，
那长街、那小巷，正有无限的豪情壮志拥塞其间。

看，凤凰木花如朝霞一片，木棉花如宫灯万盏，
我们的旗帜啊，映照得像热血一样新鲜；
听，南海的涛声如号角，鹭江的潮音如管弦，
我们城里的市声啊，烘托得有如鼓乐喧天。

看，榕树老人捋着长髯，木瓜弟兄睁着大眼，

候着出海的渔民哪，披风戴露满载鱼虾回家园；

听，日光岩下有笑声朗朗，五老峰中有细语绵绵，

陪着海岸的哨兵啊，谈天说地议论我们的好江山。

分明还是那个厦门城——怎么又有这样的新市面！

怪不得我们的前沿啊，都亲热地把你叫作"后边"。

分明还是那个厦门岛——怎么又有这样的好容颜！

怪不得我们的海军阿，都把你看作"不沉的战船"；

呵，祖国的花城，多么豪迈，多么烂漫！

当我走上了前沿，反而不能不一再回首把你饱看；

呵，南方的宝岛，多么壮丽，多么丰满！

当我成为你的战士的时候，反而对你这样地情意缠绵。

五

厦门——海防前线呀，你为什么这样变化莫测：

一会儿温柔、一会儿威武、一会儿庄严又活泼？……

厦门——海防前线呀，你到底有几个：

一个在欢腾、一个在战斗、一个在劳动和建设？……

不、不，不是厦门——海防前线变化莫测，

只因为我这初来的人啊，不了解它的非凡的性格；

不、不，不能把厦门——海防前线分成几个，
只怪我这战士的心海呵，掀起一次又一次的风波。

我们的厦门——海防前线呵，断然不可分割，
庄严和秀丽、英雄和美，是如此地一致而又谐和；
我们的厦门——海防前线呵，从来只有这一个，
后方为了前沿的战斗，前沿为了后方的欢腾的建设。

我们的厦门——海防前线呵，犹如我们的整个生活，
和平、斗争、建设，一直在这里奇妙地犬牙交错；
我们的厦门——海防前线呵，象征着我们的祖国；
高昂而热烈的斗志哟，紧紧地拥戴着明丽的山河。

厦门——海防前线呀，我终于偎进了你的心窝，
请把我的生涯，也深深地涂上像你那样的亮色；
厦门——海防前线呀，你已为我上了珍贵的第一课，
我因此才能用你的光彩，把你的风姿收进我的画册。

1961 年 10 月—1962 年 3 月，一、二、三稿于厦门—北京—厦门

《在延安文艺座谈会上的讲话》发表二十周年那一天，四稿于北京。

乡村大道①

①首刊于《诗刊》1962年第4期。

一

乡村大道呵，好像一座座无始无终的长桥！
从我们的脚下，通向遥远又遥远的天地之交；
那两道长城般的高树呀，排开了绿野上的万顷波涛。

哦，乡村大道，又好像一根根金光四射的丝绦！
所有的城市、乡村、山地、平原，都叫它串成珠宝；
这一串串珠宝交错相连，便把我们的绵绣江山缔造！

二

乡村大道呵，也好像一条条险峻的黄河！
每一条的河身，至少有九曲十八折；
而每一曲、每一折呀，都常常遇到突起的风波。

哦，乡村大道，又好像一道道干涸的沟壑！

那上面的石头和乱草呵，比黄河的浪涛还要多；
古往今来的旅人哟，谁不受够了它们的颠簸！

三

乡村大道呵，我生之初便在它上面匍匐；
当我脱离了娘怀，也还不得不在上面学步；
假如我不曾在上面匍匐学步，也许至今还是个侏儒。

哦，乡村大道，所有的山珍土产都得从此上路，
所有的英雄儿女，都得在这上面出出入入；
凡是前来的都有远大的前程，不来的只得老死狭谷。

四

乡村大道呵，我爱你的长远和宽阔，
也不能不爱你的险峻和你那突起的风波；
如果只会在花砖地上旋舞，那还算什么伟大的生活！

哦，乡村大道，我爱你的明亮和丰沃，
也不能不爱你的坎坎坷坷、曲曲折折；
不经过这样山山水水，黄金的世界怎会开拓！

1961 年 11 月初稿于昆明

1962 年 6 月改于北京

甘蔗林——青纱帐①

①首刊于《人民文学》1962
年第7期。

南方的甘蔗林哪，南方的甘蔗林！
你为什么这样香甜，又为什么那样严峻？
北方的青纱帐啊，北方的青纱帐！
你为什么那样遥远，又为什么这样亲近？

我们的青纱帐哟，跟甘蔗林一样地布满浓荫，
那随风摆动的长叶啊，也一样地鸣奏嘹亮的琴音；
我们的青纱帐哟，跟甘蔗林一样地脉脉情深，
那载着阳光的露珠啊，也一样地照亮大地的清晨。

肃杀的秋天毕竟过去了，繁华的夏日已经来临，
香甜的甘蔗林哟，哪还有青纱帐里的艰辛！
时光像泉水一般涌啊，生活像海浪一般推进，
那遥远的青纱帐哟，哪曾有甘蔗林的芳芬！

我年青时代的战友啊，青纱帐里的亲人！

让我们到甘蔗林集合吧，重新会会昔日的风云；

我战争中的伙伴啊，一起在北方长大的弟兄们！

让我们到青纱帐去吧，喝令时间退回我们的青春。

可记得？我们曾经有过一个伟大的发现：

住在青纱帐里，高粱秸比甘蔗还要香甜；

可记得？我们曾经有过一个大胆的判断：

无论上海或北京，都不如这高粱地更叫人留恋。

可记得？我们曾经有过一种有趣的梦幻：

革命胜利以后，我们一道捋着白须、游遍江南；

可记得？我们曾经有过一点渺小的心愿：

到了社会主义时代，狠狠心每天抽它三支香烟。

可记得？我们曾经有过一个坚定的信念：

即使死了化为粪土，也能叫高粱长得杆粗粒圆；

可记得？我们曾经有过一次细致的计算：

只要青纱帐不倒，共产主义肯定要在下一代实现。

可记得？在分别时，我们定过这样的方案：

将来，哪里有严重的困难，我们就在哪里见面；

可记得？在胜利时，我们发过这样的誓言：

往后，生活不管甜苦，永远也不忘记昨天和明天。

我年青时代的战友啊，青纱帐里的亲人！

你们有的当了厂长、学者，有的做了编辑、将军，

能来甘蔗林里聚会吗？——不能又有什么要紧！

我知道，你们有能力驾驭任何险恶的风云。

我战争中的伙伴啊，一起在北方长大的弟兄们！

你们有的当了工人、教授，有的做了书记、农民，

能回到青纱帐去吗？——生活已经全新，

我知道，你们有勇气唤回自己的战斗的青春。

南方的甘蔗林哪，南方的甘蔗林！

你为什么这样香甜，又为什么那样严峻？

北方的青纱帐啊，北方的青纱帐！

你为什么那样遥远，又为什么这样亲近？

1962 年 3 月—6 月，厦门—北京

秋 歌^①

①首刊于《人民日报》1962 年 10月 1 日）。

—之一

秋天来了，大雁叫了；
晴空里的太阳更红、更娇了！

谷穗熟了，蝉声消了；
大地上的生活更甜、更好了！

海岸的青松啊，风卷波涛；
江南的桂花啊，香满大道。

草原的骏马啊，长了肥膘；
东北的青山啊，戴了雪帽。

呵，秋天、秋水、秋天的明月，
哪一样不曾印上我们的心血！

呵，秋花、秋实、秋天的红叶，

哪一样不曾浸透我们的汗液!

历史的高山呵,层层叠叠!
我们又爬上十丈高坡百级阶。

战斗的途程呵,绵延不绝!
我们又踏破千顷荒沙万里雪。

回身看:垒固、沟深、西风烈,
请问:谁敢迈步从头越?

回头望:山高、水急、冰川裂,
请问:谁不以手抚膺长咨嗟?

风中的野火呵,长明不灭!
有多险的关隘,就有多勇的行列。

浪里的渔舟呵,身轻如蝶!
有多大的艰难,就有多壮的胆略。

我曾随着大队杀过茫茫夜,
此刻又唱"雄关漫道真如铁"。

我曾随着战友访问黄洋界,

当年的白军不知何处死荒野！

只有江河的流水长滔滔，
只见战斗的红旗永不到！

只有勇士的豪情日日高，
只见收获的季节年年到。

哦，秋天来了，大雁叫了；
晴空里的太阳更红、更娇了！……

哦，谷穗熟了，蝉声消了，
大地上的生活更甜、更好了！……

1962 年 9 月 29 日，北京

刻在北大荒的土地上^①

① 首刊于《人民日报》1963年1月27日。

继承下去吧，我们后代的子孙！

这是一笔永恒的财产——千秋万古长青；

耕耘下去吧，未来世界的主人！

这是一片神奇的土地——人间天上难寻。

这片土地哟，头枕边山，面向国门，

风急路又远啊，连古代的旅行家都难以问津；

这片土地哟，背靠林海，脚踏湖心，

水深雪又厚啊，连驿站的千里马都不便扬尘。

这片土地哟，一直如大梦沉沉！

几百里没有人声，但听狼嚎、熊吼、猛虎长吟；

这片土地哟，一直是荒草森森！

几十天没有人影，但见蓝天、绿水、红日如轮。

这片土地哟，过去好似被遗忘的母亲！

那清澈的湖水啊，像她的眼睛一样望尽黄昏；
这片土地哟，过去犹如被逐放的黎民！
那空静的山谷啊，像他的耳朵一样听候足音。

永远记住这个时间吧：一九五四年隆冬时分，
北风早已吹裂大地，冰雪正封闭着古老的柴门；
永远记住这些战士吧：一批转业的革命军人，
他们刚刚告别前线，心头还回荡着战斗的烟云。

野火却烧起来了！它用红色的光焰昭告世人：
从现在起，北大荒开始了第一次伟大的进军！
松明却点起来了！它向狼熊虎豹发出檄文；
从现在起，北大荒不再容忍你们这些暴君！

谁去治疗脚底的血泡呀，谁去抚摸身上的伤痕！
马上出发吧，到草原的深处去勘察土质水文；
谁去清理腮边的胡须呀，谁去涤荡眼中的红云！
继续前进吧，用满身的热气冲开弥天的雪阵。

还是吹起军号呵！横扫自然界的各色"敌人"，
放一把大火烧开通路，用雪亮的刺刀斩草除根！
还是唱起战歌呵！以注满心血的声音呼唤阳春，
节省些口粮做种子，用扛惯枪的肩头把犁耙牵引。

哦，没有拖拉机，没有车队，没有马群……

却有几万亩土地——在温暖的春风里翻了个身！

哦，没有住宅，没有野店，没有烟村……

却有几个国营农场——在如林的帐篷里站定了脚跟！

怎样估价这笔财产呢？我感到困难万分，

当我写这诗篇的时候，机车和建筑物已经结队成群；

怎样测量这片土地呢？我实在力不从心，

当我写着诗篇的时候，绿色的麦垄正在向天边延伸。

这笔永恒的财产啊，而且是生活的指针！

它那每条开阔的道路呀，都像是一个清醒的引路人；

这片神奇的土地啊，而且是真理的园林！

它那每只金黄的果实呀，都像是一颗明亮的心。

请听：战斗和幸福，革命和青春——

在这里的生活乐谱中，永远是一样美妙的强音！

请看：欢乐和劳动，收获和耕耘——

在这里的历史图案中，永远是一样富丽的花纹！

请听：燕语和风声，松涛和雷阵——

在这里的生活歌曲中，永远是一样地悦耳感人！

请看：寒流和春雨，雪地和花荫——

在这里的历史画卷中，永远是一样地醒目动心！

我们后代的子孙啊，共产主义时代的新人！

埋在这片土地里的祖先，怀着对你们最深的信任；

你们的道路，纵然每分钟都是那么一帆风顺，

也不会有一秒钟——遗失了革命的灵魂……

未来世界的主人啊，社会主义祖国的公民！

埋在这片土地里的祖先，对你们抱着无穷的信心；

你们的生活，纵然千百倍地胜过当今，

也不会有一个早上——忘记了这一代人的困苦艰辛。

是的，一切有出息的后代，历来珍视革命先辈的遗训，

而不是虚设他们的灵牌——用三炷高香侍奉晨昏；

是的，一切有出息的后代，历来尊重开拓者的苦心，

而不是只从他们的身上——挑剔微不足道的灰尘。

……继承下去吧，我们后代的子孙！

这是一笔永恒的财产——千秋万古长新；

……耕耘下去吧，未来世界的主人！

这是一片神奇的土地——人间天上难寻。

1962 年 12 月—1963 年 1 月 24 日，虎林—北京

祝 酒 歌^①
——林区三唱之一

①首刊于《诗刊》1963 年第
2 期。

三伏天下雨哟,

雷对雷,

朱仙镇交战哟,

锤对锤;

今儿晚上哟,

咱们杯对杯!

舒心的酒,

千杯不醉;

知心的话,

万言不赘;

今儿晚上啊,

咱这是瑞雪丰年祝捷的会!

酗酒作乐的

是浪荡鬼;

醉酒哭天的

是窝囊废；

饮酒赞前程的

是咱们社会主义新人这一辈！

财主醉了，

因为心黑；

衙役醉了，

因为受贿；

咱们就是醉了，

也只因为生活的酒太浓太美！

山中的老虎呀，

美在背；

树上的百灵呀，

美在嘴；

咱们林区的工人啊，

美在内。

斟满酒，

高举杯！

一杯酒，

开心扉；

豪情，美酒，

自古长相随。

祖国是一座花园，

北方就是园中的腊梅；

小兴安岭是一朵花，

森林就是花中的蕊。

花香呀，

沁满咱们的肺。

祖国情呀，

春风一般往这儿吹；

同志爱呀，

河流一般往这儿汇。

党是太阳，

咱是向日葵。

广厦亿万间，

等这儿的木材做门楣；

铁路千百条，

等这儿的枕木铺钢轨。

国家的任务是大旗，

咱是旗下的突击队。

骏马哟，

不用鞭催；

好鼓哟，

不用重锤；

咱们林区工人哟，

知道怎样答对！

且饮酒，

莫停杯！

三杯酒，

三杯欢喜泪；

五杯酒，

豪情胜似长江水。

雪片呀，

恰似群群仙鹤天外归；

松树林呀，

犹如寿星老儿来赴会。

老寿星啊，

白须、白发、白眼眉。

雪花呀，

恰似繁星从天坠；

桦树林呀，

犹如古代兵将守边陲。

好兵将啊，

白旗、白甲、白头盔。

草原上的骏马哟，

最快的乌骓；

深山里的好汉哟，

最勇的是李逵；

天上地下的英雄啊，

最风流的是咱们这一辈！

目标远，

大步追。

雪上走，

就像云里飞；

人在山，

就像鱼在水。

重活儿，

甜滋味。

锯大树，

就像割麦穗；

扛木头，

就像举酒杯。

一声呼，

千声回；

林荫道上。

机器如乐队；

森林铁路上，

火车似滚雷。

一声令下，

万树来归；

冰雪滑道上，

木材如流水；

贮木场上，

枕木似山堆。

且饮酒，

莫停杯！

七杯酒，

豪情与大雪齐飞；

十杯酒，

红心和朝日同辉！

小兴安岭的山哟，

雷打不碎；

汤旺河的水哟，

百折不回。

林区的工人啊，

专爱在这儿跟困难作对！

一天歇工，

三天累；

三天歇工，

十天不能安生睡；

十天歇工，

简直觉得犯了罪。

要出山，

茶饭没有了味；

快出山，

一时三刻拉不动腿；

出了山，

夜夜梦中回。

旧话说；

当一天的乌龟，

驮一天的石碑；

咱们说：

占三尺地位，

放万丈光辉！

旧话说：

跑一天的腿，

张一天的嘴；

咱们说：

喝三瓢雪水，

放万朵花蕾！

人在山里，

木材走遍东西南北；

身在林中，

志在千山万水。

祖国叫咱怎样答对，

咱就怎样答对！

想昨天：

百炼千锤；

看明朝：

千娇百媚；

谁不想干它百岁！

活它百岁！

舒心的酒，

千杯不醉；

知心的话，

万言不赘;

今儿晚上啊,

咱这是瑞雪丰年宣誓的会……

1962 年 12 月, 记于伊春

1963 年 2 月 1 日—28 日, 写于北京

①首刊于《人民日报》1963 年 3 月 19 日。

大风雪歌①
——林区三唱之二

老北风

——风中的霸；

腊月雪

——雪中的砂；

整整一夜哟，

前呼后拥闹天下！

寒流呀，

像冲破了闸；

冰川呀，

像炸开了花；

空气哟，

冷得发辣。

灭了，

风中的蜡；

僵了，

井底的蛙；

倒了，

泥塑的菩萨。

老天哟，

仿佛要塌；

大地哟，

仿佛要垮。

大风雪呀，

谁不受你惊吓！

而今，

咱却要你回答：

是你大，

还是咱们大？

是你怕，

还是咱们怕？

一串钟声，

把黑夜敲垮；

一阵欢笑，

把阴云气煞。

天亮了，

咱们出发！

热气呀，

把雪片烧成火花；

鲜血呀，

把白雾染成红霞。

转眼间，

无穷变化！

山风呀，

成了进军的喇叭；

松涛呀，

成了庆功的唢呐。

满山遍野哟，

都为咱吹吹打打。

白雪呀，

献出一簇簇鲜花；

森林呀，

举起一排排火把。

林区山场哟，

谁不把咱迎迓！

春麦呀，

雪下发芽；

冬梅呀，

腊月开花；

林区工人哟，

在风雪里长大！

南征，

北伐；

东挡，

西杀。

哪儿有任务，

就向哪儿进发！

风如马，

任我跨；

云如雪，

随我踏；

哪儿有艰难，

哪儿就是家！

钢锯呀，

亮开银牙；

铁斧呀，

迸出金花；

一声吆喝，

大树迎风纷纷下！

冰雪滑道呀，

好似天河山前挂。

森林铁路呀，

好似长江过三峡；

咱们的木材哟，

追波逐浪走天涯。

小材呀，

造船桨车架。

大材呀，

建高楼大厦；

擎天托地哟，

也是咱家！

是你大，

还是咱们大？

是你怕，

还是咱们怕？

而今哟。

难道还用回答！

大风呀，

你刮！

大雪呀，

你洒！

请看今日的世界，

竟是谁家之天下！

                          1962 年 12 月，记于伊春

                1963 年 3 月 1 日—13 日，写于北京

青松歌^①
——林区三唱之三

①首刊于《上海文学》1963 年第
4 期。

三个牧童，

必讲牛犊；

三个妇女，

必谈丈夫；

三个林业工人，

必夸长青的松树。

青松哟，

是小兴安岭的旺族；

小兴安岭哟，

是青松的故土。

咱们小兴安岭的人啊，

与青松亲如手足！

白日里，

操作在密林深处；

黑夜间，

酣睡在山场新屋。

松林啊，

为咱们做帐幕。

绿荫哟，

铺满山路；

香气哟，

飘满峡谷。

青松的心意啊，

装满咱们的肺腑！……

而青松啊，

决不与野草闲花为伍！

一派正气，

一副洁骨；

一片忠贞，

一身英武。

风来了，

杨花乱舞；

雨下了，
柳眉紧蹙。
只有青松啊，
根深叶固！

霜降了，
桦树叶儿黄枯；
雪落了，
榆树顶儿光秃。
只有青松啊，
春天永驻！

一切邪恶啊，
莫想把青松凌辱！
松涛哟，
似战鼓；
松针哟，
如铁杵。

一切仇敌啊，
休想使青松屈服！
每片松林哟，

都是武库；

每座山头哟，

都是碉堡。

而青松啊，

永为人间服务！

身在林区，

心在南疆北土；

长在高山，

志在千村万户。

海角天涯，

都是路！

移到西蜀；

就生根在西蜀；

运到两湖，

就落脚在两湖。

有用处，

就是福！

能做擎天的柱，

就做擎天的柱；

能做摇船的橹，

就做摇船的橹。

奔前途，

不回顾！

需要含辛茹苦，

就含辛茹苦；

需要粉身碎骨，

就粉身碎骨。

千秋万古，

给天下造福！

活着时，

为好日月欢呼；

倒下时，

把新世界建筑。

青松哟，

是小兴安岭的旺族；

小兴安岭哟，

是青松的故土。

咱们小兴安岭的人啊，

与青松亲如手足。

一样的志趣，

一样的风度，

一样的胸怀，

一样的抱负。

青松啊，

是咱们林业工人的形图！

1962 年 12 月，记于伊春

1963 年 3 月 16 日—26 日，写于上海

赠友人 ①

①作者生前未发表，首刊于《诗刊》
1977 年第 1 期，此据手稿。

紧紧地握握手吧，

互相交流一下

心灵深处情感的温泉！

轻快地笑几声吧

共同倾吐一下

彼此之间的最好的祝愿！

分别——

算得了什么呢？

不过是在不同的地区战斗

而又在另一个美好时光再见！

值不得提起呵：

你添了几根银发，

我多了几许白髯；

你和我过去是

将来还是

青春的伙伴。

倒是要想一想呵：

你怎样离开陕北，

我怎样走上前线？

你和我是否

经受住了

各种连绵不绝的严峻考验？

伟大领袖毛主席

以那扭转乾坤的巨手

抚摸过你的

也抚摸过我的稚气的脸；

我和你都曾有——

成串幸福的热泪

在太阳映照下亮光闪闪。

伟大领袖毛主席，

用那崇高思想的甘露，

浇灌过你的

也浇灌过我的荒旱的心田；

我和你都曾有——

无穷感激的浪潮

在胸中掀起巨大的波澜。

毛主席、党和人民

给予我们的

是那么多、那么多

以至于无限……

而你和我，尤其是我

付出的

却是那么少、那么少，

以至于永远感到汗颜。

在如此漫长的岁月中

我们有什么

称得起是真正的贡献？

而你和我，尤其是我

那些严重的过失呵，

却真正为人民招过祸患。

——过去的，

让它们过去吧，

已经一去不返；

未来的，

时日方长，

弥补不晚！

此刻呵，

正是继续走上征途的

新的起点；

我们的道路

也许是曲折的，

然而前程正远！

背上背包！

如同战火纷飞的当年，

在首长们的大笑声中

扛起高过头顶的枪杆；

跳上车厢！

如同硝烟滚滚的时代

跳出红缨枪守卫下的村口

跃马扬鞭。

踏破千里冰雪

在零下四十度的严寒中，

让滚烫的红心

喷出岩浆般的热汗！

趟进深水稻田，

在零上四十度的高温下，

让泥黑的双手

织成锦绣江山！

枪林弹雨

只不过装点一下

祖国的广阔的花园，

你和我

任何一根毫毛

都不会抖战！

硝烟炮火

只不过增添一抹

清晨的桔红的新天；

你和我

只会迈开七尺阔步

呼啸而前！

我们能够

能够贡献自己的一切

为了我们的毛主席

为了毛主席的革命路线；

我们能够

能够改造我们自己

成为毛主席的真正战士，

成为名副其实的共产党员。

下一次

我们再见的时候，

该有多少知心的话儿

谈也谈不完；

下一次

我们再分别的时候

该有更美好的诗句

把红色的笔记本写得满满……

1971 年 1 月 7 日送杜惠回干校归来

118

五言诗二首①

①其一约写于 1970 年 6 月，
其二约写于 1972 年春；作者
生前未发表，首刊于《诗刊》
1977 年第 7 期。

一

原无野老泪，

常有少年狂。

一颗心似火，

三寸笔如枪。

流言真笑料，

豪气自文章。

何时还北国，

把酒论长江。

二

春来风更暖，

心壮步难行。

长吟成久痼，

黑线染洁容。

日边云有色,

窗下笔无声。

当年越溪女,

何不采芙蓉!

(韵是随意押的,东、庚、江、杨各韵未分)

团泊洼的秋天①

①作者去世后首刊于《诗刊》
1976 年第 11 期，此据手稿。

秋风像一把柔韧的梳子，梳理着静静的团泊洼；

秋光如同发亮的汗珠，飘飘扬扬地在平滩上挥洒。

高粱好似一队队的"红领巾"，悄悄地把周围的道路观察；

向日葵摇头微笑着，望不尽太阳起处的红色天涯。

矮小而年高的垂柳，用苍绿的叶子抚摸着快熟的庄稼；

密集的芦苇，细心地护卫着脚下偷偷开放的野花。

蝉声消退了，多嘴的麻雀已不在房顶上吱喳；

蛙声停息了，野性的独流减河也不再喧哗。

大雁即将南去，水上默默浮动着白净的野鸭；

秋凉刚刚在这里落脚，暑热还藏在好客的人家。

秋天的团泊洼啊，好像在香甜的梦中睡傻；

团泊洼的秋天啊，犹如少女一般羞羞答答。

团泊洼，团泊洼，你真是这样静静的吗？
全世界都在喧腾，哪里没有雷霆怒吼，风云变化！

是的，团泊洼的呼喊之声，也和别处一样宏大；
听听人们的胸口吧，其中也和闹市一样嘈杂。

这里没有第三次世界大战，但人人都在枪炮齐发；
谁的心灵深处——没有奔腾咆哮的千军万马！

这里没有刀光剑影的火阵，但日夜都在攻打厮杀；
谁的大小动脉里——没有炽热的鲜血流响哗哗！

这里的《共产党宣言》，并没有掩盖在尘埃之下；
毛主席的伟大号召，在这里照样有最真挚的回答。

无产阶级专政的理论，在战士的心头放射光华；
反对修正主义的浪潮，正惊退了贼头贼脑的鱼虾。

解放军兵营门口的跑道上，随时都有马蹄踏踏；
五七干校的校舍里，荧光屏上不时出现《创业》和《海霞》。

在明朗的阳光下，随时都有对修正主义的口诛笔伐；

在一排排红房之间，常常听见同志式温存的夜话。

……至于战士的深情，你小小的团泊洼怎能包容得下！
不能用声音，只能用没有声音的"声音"加以表达：

战士自有战士的性格：不怕污蔑，不怕恫吓；
一切无情的打击，只会使人腰杆挺直，青春焕发。

战士自有战士的抱负：永远改造，从零出发；
一切可耻的衰退，只能使人视若仇敌，踏成泥沙。

战士自有战士的胆识：不信流言，不受欺诈；
一切无稽的罪名，只会使人神志清醒，头脑发达。

战士自有战士的爱情：忠贞不渝，新美如画；
一切额外的贪欲，只能使人感到厌烦，感到肉麻。

战士的歌声，可以休止一时，却永远不会沙哑；
战士的明眼，可以关闭一时，却永远不会昏瞎。

请听听吧，这就是战士一句句从心中掏出的话，
团泊洼，团泊洼，你真是那样静静的吗？

是的，团泊洼是静静的，但那里时刻都会轰轰爆炸！

不，团泊洼是喧腾的，这首诗篇里就充满着嘈杂。

不管怎样，且把这矛盾重重的诗篇埋在坝下，

它也许不合你秋天的季节，但到明春准会生根发芽……

一九七五年九月

（初稿的初稿，还需要做多次多次的修改，

属于《参考消息》一类，万勿外传。）

秋歌
——之六①

①写于 1975 年 10 月，作者去世后首刊于《诗刊》1976 年第 11 期，此据手稿。

不止一次了，清爽的秋风把我从昏睡中吹醒；

不止一次了，节日的礼花点燃起我心中的火种。

今年的秋风似乎格外锐利，有如刀锋；

今年的礼花似乎格外明亮，胜过群星；

我曾有过迷乱的时刻，于今一想，顿感阵阵心痛；

我曾有过灰心的日子，于今一想，顿感愧悔无穷。

是战士，决不能放下武器，哪怕一分钟；

要革命，决不能止步不前，哪怕面对刀丛；

见鬼去吧，三分杂念，半斤气馁，一己声名；

滚它的吧，市侩哲学，庸人习气，懦夫行径。

面对大好形势、一片光明，而不大声歌颂；

这样的人，哪怕有一万个，也少于零。

眼见"修正"谬种、鬼蜮横行，而不抽动鞭声，
这样的人，即使有五千个，也不过垃圾一桶。

磨快刀刃吧，要向修正主义的营垒勇敢冲锋；
跟上工农兵的队伍吧，用金笔剥开暗藏敌人的花色皮层！

清清喉咙吧，重新唱出新鲜有力的战斗歌声；
喝杯生活的浓酒吧，再度激起久久隐伏的革命豪情！

人民的乳汁把我喂大，党的双手把我育成；
不是让我虚度年华，而是要我参加伟大的斗争；

同志给我以温暖，亲人给我以爱情，
不是让我享受清福，而是要我坚持继续革命。

战士的一生，只能是战斗的一生；
战士的作风，只能是革命的作风。

我知道，总有一天，我会衰老，老态龙钟；
但愿我的心，还像入伍时候那样年轻；

我知道，总有一天，我会化烟，烟气腾空；

但愿它像硝烟，火药味很浓，很浓。

听，冰雪辽河，风雨长江，日夜激荡有声；
听，南方竹阵，北国松涛，还在呼号不停；

看，运粮车队，拖拉机群，一直轰轰跃动；
看，无数战马，百万雄兵，永远向前奔行。

清爽的秋风啊，已经把我的身躯吹得飞上晴空；
节日的礼花啊，已经把我的心胸烧得大火熊熊。

个人是渺小的，但我感到力大无穷；
因为帮我带我的，是雄强勇健的亿万群众。

我是愚笨的，但现在似乎已百倍聪明；
因为领我教我的，是英明伟大的领袖毛泽东！

深深的山谷①

①首刊于《诗刊》1957年第4期。

沉沉的冬夜，风在狂吹，

星星蜷缩着，在严寒中微睡。

炉火上的水壶打着鼾声，

蒸汽在玻璃窗上涂抹花卉。

两个女人坐在床边对谈着，

声音里跳着激情，一点也不疲惫。

年长些的，灵巧的手指打着毛线衣，

年轻的，眼眶中含着晶亮的泪水。

"是呵大刘，我真不够坚强，

想起他，我的心就觉得冰凉。

他给过我太多的幸福，

也留下了太大的创伤。

冬天的风雪吹去了夏日的暑热，

而我过去的经历却老不能遗忘。

哎，这一代人都活得那么好，

为什么我的命运这样的凄怆！"

大刘轻轻地放下毛线活，
右手把对方的左腕紧握：
"安静些吧，小云，
这点风浪算不了什么。
在生活的长长的河流里，
谁能够不遇到一些波折！
爱情永远是一场出超的贸易，
付出的总比收入的要多。

"也许，你以为我过于幸福，
全不懂得你身上的痛苦。
不，我也有过可怕的记忆，
压在我的心上，艰难地走过长途。
就在那战争的严峻的日子里，
爱情也曾把我的生活蒙上迷雾，
我战斗过，我有过光荣，
可是我也沉迷过，也有过耻辱。

"……那是抗日战争的初期，
我跟你现在一样，年轻而美丽。
少女的心好像明净的天空，
对一切都是坦然的，无忧无虑。

由于对革命的热烈的追求，

从遥远的南方走向陕甘宁边区，

没有亲人，也没有同伴，

我只身行走了几千里。

"像所有的年轻女子一样，

我到处碰见那男性的大胆的目光，

也像所有的庄重的姑娘一样，

我总是回避开，眼神固定在一个地方。

无论在西北的荒村的兵站里，

也无论在黄土飞扬的公路上，

我只是不声不响地沉思着，

心哪，为了远大的未来张开了翅膀。

"当汽车驰进了陕甘宁的边境，

车厢里立刻响起快乐的歌声，

女伴们因喜悦而涌出了眼泪，

男伴们的脸因激奋而涨得绯红。

这时候，有一支宏大的声音，

突然在我的斜对面轰鸣，

我无意中朝那里望了一下，

哦，长睫毛覆盖着一双锐利的大眼睛。

"在战争中最怕遭受意外的袭击，

男性的突来的目光也常使人战栗。
他的这锐利的奇异的一瞥呀，
竟使我的心久久不能平息。
当我仰望着那北方的晴朗的天空，
环视着那边区的广阔而自由的土地，
我感到，我是置身于美好的世界中了，
这双眼睛呵，格外地叫我沉迷。

"不知道是一种什么样的力量，
促使我不断地偷偷把他看望。
呵，这真是一个不平凡的男子，
黝黑的脸上突起来高高的鼻梁，
额头微皱着，露出深沉的忧郁，
稳重的举止显得文雅而大方。
他的眼神也是宁静不紊的，
只是常常跟我的发生击撞……

"爱情是这样一种无形的绳索，
只要缚住了你就难以摆脱。
我想，到了延安就会好了，
即使留下隐隐的伤痕也会愈合。
可是，现在在他的面前，
我几乎忍不住这焦心的寂寞。
我也曾暗暗地羞辱过自己：

这多不好呀，为什么这样轻薄！……

"延安，宝塔，曲折的延河，
成排的窑洞，中央组织部招待所，
新的阳光，新的画面，新的语言，
引起了我多大的惊奇和快乐！
唯有这时候我才把他忘记了，
我面前展开了一种伟大的生活。
可是就在那一个苍茫的黄昏里，
他突然迈着急速的步子逼近了我。

"我一点也记不得他怎样把我呼唤，
也不知道我怎样跟他走到延河边，
我只能顺从地等待着、承受着
他那表白爱情的火一般的语言，
他那强有力的拥抱和热烈的吻，
呵，我的心真是又幸福、又狂乱！
当我清醒些时，才投在他的怀中，
哭泣我失去了少女的心的平安。

"于是，他温柔地把我抚慰，
用诗一般的调子在我耳边低语：
'我爱你，是因为看透了你的心，
我爱你，是因为我绝对地忠实于自己，

我决不戏弄这只有一次的人生，

而爱情是人生的最重要的依据。'

这奇特的发誓似的表白，

唤起了我更深的爱、更大的敬意。"

"嘻，我们女人有时候真傻，

就爱听男人的最动人的假话！"

小云急切地插嘴说，

这时，室外的疾风正把门窗拍打……

"不，你不要以为他有什么矫饰，

我们的爱情也曾开满了鲜花，

他的持久而炽烈的热情，

简直把我的整个身心熔化。

"延安的三个月的生活，

我们过得充实而且快乐，

延河边上每个迷人的夜晚，

都有我们俩的狂吻和高歌。

我们之间从来没有过争吵，

他对我总是那么温存又柔和，

只在离开延安的前几天，

才发生了一次小小的风波。

"组织上把我们分配到前线，

我慨然同意了，他却默默无言。

晚上，我们静静地坐在延河岸上，

望着对岸的灯火，听着流水潺潺。

他忽然问：'你不是最喜欢延安吗？'

我说：'是呵，我真有些留恋。'

他又问：'那么为什么要到前方呢？'

我说：'打仗呗，我要当个女游击队员。'

"他的眼睛斜视着我，睫毛微微翻动，

我还是第一次看见他讥讽我的神情。

他说：'你已经不是小孩子了，

世界决不是如你想象的那样光明。

就在延安，也没有我们多少发展的余地，

但这里自由而平静，至少不会受到嘲弄；

而前方呢，那里没有知识分子的荣耀，

会冲锋陷阵的，才是顶天立地的英雄。'

"看，他的思想有多么离奇，

我禁不住恼怒了，我感到羞耻。

我断定他这是懦怯和动摇，

我骂他这是卑鄙的个人主义。

我说我无条件地服从组织的决定，

我表示即使他不去我也要去……

而他呢，多奇怪呀，他一声不响，

安静地低着头，听任我的申斥。

"我想，他事后也许会同我决裂，
但是他不，第二天他就表示妥协。
他说：他一定要消除心中的阴影，
在艰巨的斗争中变成朴素和纯洁。
随后，那柔婉的爱情的申诉，
又像瀑布般地滔滔不绝。
我呢，也像平常的情形那样，
阴雨过去了，太阳的光更火烈。

"我们一起到了太行山根据地，
开头，我们的生活也很有意思。
我是分区警备连的文化教员，
他在分区政治部当宣传干事，
每次宿营我们都住得很近，
他几乎在我身旁度过每个休息的日子。
那时，敌后的形势还不十分紧张，
我们常到山沟里谈说爱情和往事。

"然而，环境毕竟要改变人的习性，
我呀，渐渐地少了女性的柔情。
我在朴质的农妇中找到了朋友，
听到农民的粗野的话也不再脸红。

我越来越不喜欢缅怀自己的过去，
倒热中于跟战士们一起议论战争。
在生活上我也变得不修边幅，
军帽压着乱发，皮带束在腰中。

"我发觉，我生活和思想上的每一变移，
都引起了他的隐隐的不安和轻视。
有一次，我说：'看我成了野姑娘了。'
他感叹起来：'唉，我更爱从前的你！'
可是，他对我的热情并没有减退，
反而显得比从前还要亲昵，
他甚至一天也不愿意离开我，
我跟女同志往还，他都有点妒嫉。"

"那么，他在思想上就没有变化吗？"
小云一直凝神地听着，忽然把话插。
"不，他的变化是更深刻的，
当然，他比我可要几倍地复杂。
从表面上看，他是老实多了：
在最热闹的场合里，他总是一言不发，
对于周围的同志，他是温和而有礼貌，
在组织面前，他显得十分听话。

"可是，他的内心有极大的矛盾，

这个矛盾在他的灵魂中藏得深深。

在我被批准入党的前一天，

它才爆发了，但时间也只有一瞬。

我先暗示他：'我们都会入党的，

早一些入党也不一定表示先进。'

他的感应真是锐敏极了，

眼睛大睁着，额头上皱起深纹。

"可是他忽地又平静下来，

冷冷地说：'这事一点也不奇怪，

人和事总会依照固有的规律发展着，

只不过有时候未免发展得太快。'

我说：'那么，你也积极争取吧，

在这条道路上我们不妨来个比赛。'

他鄙薄地笑一笑，摇了摇头：

'我长的是一颗永远落后的脑袋！'

"这奇怪的话真叫我好气，

但我当时还极力控制我自己。

我想，大概又伤了他男性的自尊了，

我说：'这是政治问题，可不是儿戏。'

他忽然发狂似地大笑起来：

'对，对，我的错误就在这里。

我本来是一匹沙漠上的马，

偏偏想到海洋的波浪上驰驱。'

"老实说，他的话当时我并不完全懂，
但我讨厌他那种奇怪的表情。
我激动了：'不要以为自己了不起，
想想你到底为人民立了什么功！'
他反而显得心平气和了，
闪一闪他那锐利的大眼睛：
'第一，那要首先给我立功的条件，
第二，也要看我自己高兴不高兴。'

"这段话激起了我绝大的气恼，
我毫无顾忌地尖声喊叫：
'多卑鄙，你说的是人话吗？
多亏老百姓的小米把你喂饱！'
我这声音惊动了周围的同志，
他们好意地来调解我们的争吵。
他呢，趁这机会悄悄地走开啦，
第二天托人给我送来一张便条。

"便条上写着：'热烈地庆祝你，
光荣的共产党的好儿女。
你也是我的生命的寄托之所，
失去了你，我就失去了生活的勇气，

请你耐心地等待等待吧，

慢慢地，我也许还能缩短与你的距离。

亲爱的，我已经成了暴风雨中的小草，

不要再给我过多过大的刺激！……'

"不仅出于爱，而且出于怜悯，

我立即到他的住所把他探问。

他一看到我的温和的面色，

泪水就滴滴地落在那油黑的衣襟。

哎，他那深蕴着苦痛的姿态，

又触动了我的女性的柔痴的心。

从此，我们算是重新和好了，

纵然，我们中间又添了一道裂痕。"

"嘻，女人的心真是胶做的，

爱上了一个人就不肯舍弃。"

小云自言自语地叹息起来，

仿佛又沉入她自己的回忆里。

此刻，外面的骚音停息了，

桌上，马蹄表的时针指向十二时。

星星纷纷沉没在黑色的天幕中，

月光像雪一样铺满了大地。

"那时候，还根本谈不上舍弃，

我连想也没想过跟他分离。
当我听到他那种意味深长的话，
我确也痛苦过而且感到惊奇。
可是，我决不从坏处着想，
确信什么事情都有美满的结局，
而且在那沸腾的战斗生活中，
爱情在我身上越来越降低了位置。

"我的主要弱点是幼稚又愚昧，
不理解复杂的人生和社会。
小云，你和那时的我一样单纯，
这平凡的故事很值得你回味。
好吧，我略去其中的详细情节，
只交代故事的不平凡的结尾。
哎，我从来不大愿意谈起这事，
并不是因为眷恋，而是由于愧悔。

"春天，山沟里的小河解冻了，
流水像婴孩，发出儿歌似的声响，
战地中有时候也安静异常，
连山上的石头都仿佛在沉思默想。
这时节，鸡毛信忽然传来消息，
说敌人发动了春季'大扫荡'，
于是，整个根据地都动了起来，

小河的流水也显得格外繁忙。

"这次的扫荡可不比从前，
敌人的兵力至少有一个师团，
五个箭头指向我们的腹地，
分进合击要把我军的主力围歼。
战斗在一个阴天的拂晓打响了，
炮火把每个山头都震动得发颤。
春天的田地上不见人影，
敌人侵占的村落里冒起了浓烟。

"我们的司令部安排好了对策，
部队的行动真是神出鬼没。
白天，我们隐伏在严密的山林里，
谈笑、睡眠，等待天黑日头落；
黑夜，我们奔走在险峻的山道上，
一会向北进，一会又向南折。
战斗的意志如同滚滚的长江，
我们行走的路线却像九曲黄河。

"三天、五天、七天、九天过去了，
战士心中充满了渴望战斗的焦躁。
当失去了母亲的孩子的哭声
荡起山谷的回音在我们耳边缭绕，

当踯躅地走在山路上的老人
由于惊恐和疲惫在我们面前跌倒，
我们总是痛苦地看看肩上的枪，
比枪还重的心哪，发狂似地暴跳！……

"第十天早上，炮声从四面八方响起，
机枪的哒哒声由模糊而逐渐响得清晰。
我们知道，战斗的日子到来了，
但我们分明已处于被包围的境地。
中午，通讯员传来上级的命令：
　叫我们连队开上高山准备迎击！
战士们的眼睛闪着怒火，
　一阵急步，像猛虎一样奔上山去。

"呵，我几乎忘记了这个故事的主人公。
在山脚下，我远远望见了他的踪影，
他站在队伍旁边，向我频频招手，
我可来不及招呼他，一直奔向山峰。
爬到山腰，我不自主地回头望了一望……
嘻，敏感的指导员发现了这个场景，
　他以命令的口气对我说：
'下去！跟你的爱人一起行动！'

"我感到，我受了难堪的侮辱，

我装作没听见，急速地迈着大步。
这时，炮弹像冰雹般地在前面落下，
烟尘像一道长堤挡住我的去路。
而机关枪弹带着尖厉的嘘声
越过我们的山头，跌进山谷。
呵，这突然的遭遇真把我吓傻了，
我坐在山坡上，眼前一片昏糊。

"当我清醒了一些的时候，
我们的连队早已登上山头。
我忽然想到，他要在我的身边就好了，
然而他已跟着他们的队伍走进山沟。
我又想叫指导员来帮助帮助我，
可是我，一个女人，难道就该落后？
一种战士的自觉又唤回我的勇气，
我奔上去，加入了战斗……

"太阳不断向西沉，战斗越来越激烈，
敌人显然想在天黑前把我们歼灭。
我们外围的阵地一个个沦陷了，
密集的炮火向我们这座山上倾泻，
日本兵的野性的喊声，
如狼群嚎叫一直没有停歇。
当敌人发起第五次冲锋的时候，

天快黑了，山那边出现了一轮新月。

"而敌人的进攻还没有衰退的征候，
我们手中却只剩下一个高山头。
我们所有部队都被压缩到这里，
摆开阵势，要在这里坚守。
当一阵最激烈的冲锋被打下去，
敌军的阵地上发出一阵狂吼，
据说，这是一种'胜利'的欢呼，
表示一群生命因天黑而得救。

"战斗后的山上是一幅奇异的图画，
血与仇恨、呻吟和笑语一起掺杂。
这里是黑影幢幢有人宣布开会，
那里有护士把伤兵的伤口包扎。
有人伏在草丛中沉沉入睡，
有人乘着月光把武器拭擦。
我自己呢，有我自己的沉重的心情，
急不可待地要在人堆中找到他……

"我不能没有焦心的悬念，
悬念着我所爱的人的生命安全。
我找到政治部的队伍，
人们说：他刚刚走到队伍的外边。

我沿着他们指的方向找去，

呵，一个黑影在那里微微抖战，

往前看，是一道深深的山谷，

就是他，站在那悬崖的边缘。

"我又惊又喜地叫了起来：

'哎呀，你这人多么地古怪！

你为什么不去找我呢？

我想：你也许真地出了什么意外……'

他那锐利的眼睛朝我闪了一下，

呵，他的脸在月光下显得紧张而苍白！

可是他却一句话也不说，

低下头，望着深深的山谷发呆。

"我想，他一定因为我的冷淡而生气，

我应当婉转地向他作一番解释。

我说：'这我一回真的参加战斗了，

因为我是连队里的成员，义不容辞。

其实打仗有什么！当我要发射第一粒子弹，

我那拉枪栓的手实在有些战栗，

但当我第二次对准敌人扳动扳机，

我只感到，我不过在执行着战士的天职。'

"他突然说：'我只对一件事发生兴趣，

就是，你为什么还不快些把我忘记？'

我大大吃惊了：'你为什么这样想？

我对你的爱难道有什么虚情假意？'

他说：'我相信，直到现在你还没有丢掉我，

但那是因为旧日的记忆还没有消蚀。'

我赌气地说：'你有意见就照直说吧，

我一定听，不要这样弯弯曲曲！'

"他说：'好吧，时间快到了，话也不多。

可惜，我从来还没跟你好好谈过。

过去，我一直认为你单纯得如同一张白纸，

其实，这都是我的愚蠢和过错。

你是这个时代的真正的主人，

你安于这个时代，跟它完全调和；

我呢，我是属于另外一个时代的人，

在这个世界里无非是行商和过客。'

"我更惊奇了，用力地抱住他的腰身，

我说：'你的情绪为什么这样低沉？'

'听下去吧，不要再打断我的话，

我说这些，是因为惋惜你的未泯的忠贞，

纪念你由于不理解而虚掷的爱情，

感谢你对我的不被欢迎的关心，

虽然在现在的我与将来的你之间，

保存下来的不会是情谊，而是憎恨。'

"'我不听，你说得多可怕呀！'
我恐怖地叫起来，直直地望着他。
他冷静地点点头：'好，为了使你安心，
我不说这么过分刺激你的话。
亲爱的，我实在离不开你，
但是，你和我之间有天壤之差，
我曾经想使你跟我的心接近，
我自己也企图朝你那方向转化。

"'但是，一切的努力都失败了，
命运的安排是如此地不可动摇。
我少年时代的富裕生活，
就培植了我的优越感和清高；
我的锐敏和聪慧的天赋，
更促成了我性格上的孤傲。
我的这种利己主义的根性，
怎么能跟你们的战斗的集体协调？

"'你也许要问：我为什么来革命呢？
那是因为反动统治压得我直不起腰，
在那黑暗的社会里我也毫无出路，
所以才向革命索取对于我的酬劳。

我当然也可以支付我的一切，
但那仅仅是为了我个人的需要，
只有先给我的欲望以满足，
我才肯去把英雄的业绩创造。

"'是你把我带进这革命战争的前哨，
而这里斗争太尖锐了，使我来不及重新思考！
要我用服从和自我牺牲去换取光荣吗？
在我看来，那不过是一场太严肃的胡闹。
当然，我不埋怨你、也不怪罪你，
这是时代对我这样的知识分子的嘲笑。
我呀，也许是一个治世的良才，
在这动乱的日子里却只能扮演悲剧的主角。

"'我毫不怀疑，你们会取得最后的胜利，
可是，这胜利并不是属于我的；
我也决不否认，你们一直好心地关怀着我，
可是，这种关怀反而加深了我的敌意。
当然，我也不愿去当革命的叛徒，
因为，那对于我跟革命一样没有意义。
我真诚地尊敬你，而且羡慕你，
你懂得战斗的欢欣和生命的价值。

"'不过，你不要以为我还有什么痛苦，

我有的只是一点对于痛苦的恐怖。

我怕在突围中被乱枪打死，

因为那太不符合我一生的抱负；

我怕你终有一天斩断对我的爱情，

因为那时甚至没有人看着我生命结束；

我怕那无尽的革命和斗争的日子，

因为，那对于我是一段没有目的地的旅途。'……

"他的冷静而惊人的话随即停止，

而我的心还被煎熬着，理不出头绪。

忽然，山谷里发出一声低沉的回响，

仿佛大海上落了一块岩石。

我不自觉地向左右望了一望，

呵，他那熟悉的身影已经消逝。

小云，当时我完全迷乱了，

我心想：他跳下山作什么去了呢？

"呵，这是多么深、多么深的一道山谷，

上面，蒙了一层灰色的轻纱似的烟雾，

下面，在惨淡而清冷的月光中，

露出了团团黑云般的高树。

那么，我的人呢，我的人呢，

他是不是已经在哪棵大树下睡熟？

不，不。当我清醒了的时候，

我就伏倒在崖边上痛哭……

"我哭泣，放肆地、不休止地哭泣，
突然，耳边响起声声严厉的申斥：
'不许哭，不许哭！
你再哭，我枪毙你！'
我抬起头，迎着声音一看——
是我们的指导员怒冲冲地站在那里。
啊，我一点也没有受辱的感觉，
反而得到了一种巨大的支持。

"可是，指导员的怒气并没有消退，
他继续申斥着：'你原来还是个胆小鬼！
站起来！……站起来！……立正！
怕什么？我们虽然受了敌人的包围，
可是，正因为我们吸引住敌人的兵力，
我们主力才绕到敌后,消灭了它一个联队。
今天夜里，我们就要里应外合打出去，
快，到队伍里去，好好睡一睡！'

"我不哭啦，我低声地告诉他：
'我的爱人刚才跳崖自杀啦！'
他惊奇地往下望了一望，
说：'太深了，已经没有办法！

……可惜，这是一个有学问的人，

但也是一个软弱无能的傻瓜。

走吧！叛变，逃跑，消极又能怎样呢？

革命还一样要生根开花。'

"这时，我的勇气重又上升，

我的神志又完全恢复清醒。

我跟他进入我们的英勇的连队，

我跟着他们跑步下了山岭，

我们冲破了敌军的重重封锁，

我们的主力又来把我们接应。

在平原上一个不熟悉的小村里，

我们迎来了一个美好而晴朗的黎明。

"小云，我的这段经历已和盘托出，

还有一点必须向你交代清楚：

刚才说的那位指导员，

就是我现在的丈夫。

他当然也是一个很普通的人，

可是我们走的是共同的人生的道路。

我是经过长久的考虑才爱上他的，

你知道，我们的生活过得很幸福。"

小云睁着那水灵灵的眼睛，

现出一种振奋的深思的神情：

"人生是多么复杂啊！

当然，我的遭遇跟你并不完全相同。"

这时，室内的温度已经降低，

炉上的水壶已经停止了鼾声，

天上的月亮正在徐徐下落，

远处，传来了阵阵的鸡鸣……

1957 年春节

白雪的赞歌[①]

①首刊于《诗刊》1957 年第
12 期。

一、惊愕

雪落着，静静地落着……

雪啊，掩没了山脚下的茅舍，

掩没了山沟里的小道，

却掩没不了动乱的战争生活。

雪落着，静静地落着……

雪呵，扑灭了禽鸟的高歌，

扑灭了野兽的放荡的足迹，

却扑灭不了人间的战斗的欢乐。

中国的顽强的大地呵，

并没有为冬天的寒冷所封锁，

它豪爽地敞开宽大的胸脯，

让送军粮的大车队轧轧走过。

中国的英武的战斗者呵，
决不会在严峻的风雪里萎缩。
他们依然昂首阔步地行进，
为这白色的世界染上绚烂的颜色。

而我，又回到你们的行列里了，
我的步子也不比你们小多少。
在我们的雄伟的战斗集体中，
我虽不特别坚强，也不算软弱。

让我把大衣皮领提得更高些吧，
风雪呵，你也辨不出我是女是男。
我纵然离开了战斗的岗位，
却不甘心失掉战士的尊严。

昨夜，我的心还感到阵阵的痛楚，
因为我是军中少有的一个产妇；
所有的同伴都在前线奔走，
只有我平安地睡在后方的小屋。

女性，当然不是耻辱的头衔，
但在战争中它终于为我带来忧患。
如果不是由于怀孕、生孩子，
也会跟他战斗在敌后，肩并着肩。

我们结婚后还不满一年，
蒋匪军就把我们的县城攻占。
我怀着八个月的胎儿，
坐在牛车上，告别了前线。

在一个刚被敌机轰炸过的小镇里，
我和他度过了最珍贵的一宿。
他紧紧拥抱着我一再地嘱咐：
"明天分别的时候你可不要哭！"

是的，我终于克制住了自己。
我呀，也是一个不含糊的战士！
可是，我们却走了不同的方向，
一个向前挺进，一个向后转移。

在行军路上一座带棚的牛车中，
一个幼小的生命宣告诞生。
哎，这又是个顽强的家伙，
刚刚出世就像山羊似的叫个不停。

如今孩子出生还不到两个月，
母亲的心就已为他的哭声撕裂。
不是年轻人不懂得慈爱，
而是分离的烦恼难以排解。

现在，一切都要过去了，
后方政治部主任召唤了我，
就在前面他们驻扎的村庄里，
我将接受一桩崭新的工作。

是呀，只要不离开斗争的生活，
无论什么烦恼都可以解脱。
让繁重的任务压在我的肩头吧，
除此以外，我并不缺少什么。

也许，要把我派往游击区，
跟他紧紧地战斗在一起。
那更好了，我不是软弱的女人，
不会连累你这坚强的县委书记！

那么，这个孩子又怎样安置？
作为母亲当然不能把他舍弃，
他呀，不仅是我们共同生活的结晶，
而且是革命和战争的珍贵的儿子。

还是去听政治部主任的吩咐吧，
战士的天职就是适应党的需要。
年老的主任是个饱经风霜的人，
他的考虑一定比我自己还要周到。

风雪呵，不要吹乱我的长睫毛，

这银色的土地该有多么美好，

我的明亮的眼睛也是他所珍爱的，

今天为了祝福他我要看个饱。

风雪呵，不要摇动我的身腰，

我的瘦长的身子跟他一样高。

此刻，他正在长城边上挺进，

你风雪再猛也不能将我吹倒。

风雪呵，你不要把我的心思撩乱，

我怎能用烦恼来填满时间！

一个战士如果总把眉头紧皱，

那简直比懦怯还要难堪。

风雪呵，你不要把我的爱情耗损，

我要将它像大雪那样厚厚积存，

当我带着孩子跟他重新相见时，

会像滚滚的江河冲击他的周身。

到了。就是那个覆盖着白雪的村子，

它在山沟里隐藏得多么严密。

而我这跳得要迸出胸脯的心啊，

幸亏裹着一层厚厚的皮大衣。

到了。就是那虚掩着的小门，
老远地看，它好像关得紧紧。
而我这充溢得快要流淌的感情啊，
要让它冻结在心里，不露毫分。

我推开门，走进小小的院落，
北房传来阵阵苍老的干咳。
在屋里，上年纪的主任正躺在炕上，
一个年轻的医生给他试着脉搏。

主任向我点点头，让我坐下，
却又不理我，只顾跟医生说话：
"她叫于植，就是县委书记的老婆，
一个勇敢的女同志，胆子挺大。"

我哪里值得这样的夸奖！
我扭过头，故意向窗外凝望。
主任又说："她是经过考验的，
要不是生孩子，她也不会来到后方。"

我又回过头，正好碰上医生的眼光，
它是那样困惑又那样忧伤！
呵，这肩膀很宽的精壮的汉子，
好像缺少一种男性的力量。

主任坐起来，一抹愁云挂在眉宇：
"有件事情不能不告诉你，
但是，你千万不要过分难过，
这是战争啊，你应当经得起！"

我的身上打起了一阵冷战，
两耳轰鸣着，眼睛什么也看不见。
我还懂得要竭力地冷静，
艰难地捕捉他那迟慢的语言：

"半个月前，在一次战斗中，
你的爱人负伤以后失了踪，
据前方估计他可能被敌人俘去，
但确实的下落至今还没有查清。"

我听明白了，呵，我听明白了，
这并不是什么可怕的噩耗，
他还没有死，他还活着，
只要活着他就能够逃跑。

主任又说："也不要把事情想得太坏，
说不定他什么时候会忽然回来。
前方还在想尽方法去寻找，
我想总可以把他的下落弄明白。"

于是，我仿佛在雪地望见他的踪影，
他正背着长枪奋力地匍匐而行，
从他那胸脯上，不，从大腿上，
有一股红色的血流向外飞迸……

不，不，他既已当了敌人的俘虏，
哪能够轻易地从监视下逃脱？
这个念头像一枚爆裂的炸弹，
一下子把我不安的心撕破。

我吃力地想：我了解他的性格，
如果被俘，除了死他不会有别的选择。
他是一个知名的县委书记呀，
敌人知道了，哪能把他放过！

于是，又仿佛在朦胧的雪地里，
一排红色的子弹向他身上射去。
他高喊着口号突然倒下了，
厚厚的白雪掩盖了他的身体。

呵，这真是最沉重的打击！
风暴般的痛苦攫住我的神志。
我呆呆地坐在那个凳子上，
身子好像失去了活动的能力。

我仿佛还能够克制自己，
我心想：一个战士可不要哭泣！
当我勉强睁开眼睛看的时候，
啊，泪水已经湿了我的皮大衣。

我更惶惑了，为什么这样健忘？
主任就在刚才曾把我夸奖，
我应当坚强起来。我问：
"主任，你最近的身体怎么样？"

主任轻松地回答："没什么，
五年前，一个医生就预言过，
说我的寿命最多只有三年.
而现在我已经活了五年多。

"医生同志，你再预言一次吧，
我大概还会超额完成计划。
当然，战争里有很多偶然性，
不过，有价值的死并不可怕。"

医生的神情再一次显出困惑，
他低下头，什么话也不说。
我想：他大概是为我们而忧伤，
可是那神情却像姑娘般的羞涩。

主任说："回去吧，好好休息，
要看开一些，不要过于着急！
关于你爱人的确实下落，
前方一来电报，我们就告诉你。"

他的刚毅的话使我感到宽舒，
我告别了主任，走出了屋。
可是，当我迎向那漫天的风雪，
一股巨大的哀痛又把我攫住……

二、信念

在极度的绝望和沉重的哀愁里，
我拖着两腿回到我居住的村子。
旋转着的、遮天盖地的雪，
在我的摇曳的身上落满了悲戚。

无知无识的孩子正在甜睡，
小嘴咂动着，嚼着幸福的滋味。
陪伴我的房东姑娘哼着小曲，
坐在灶前，为我做饭烧水。

呵，一个刚强的女人眼含着泪，

战士的孩子转眼变成了孤儿。
妹妹啊，你做的菜饭再香，
也进不了我这装满辛酸的胃。

呵，照耀着阳光的心蒙上烟雾，
一只张帆远航的船迷了路途。
妹妹啊，你那朴质的小曲，
唱得我的空荡荡的心好凄楚！

忽然，我头脑中生出一个念头：
我为什么不到前方寻找和战斗？
靠悲痛就能改变命运吗？
进攻的阶级怎能消极退守？

哇、哇……小山羊又从梦里爆出哭声，
仿佛他已发觉这场巨大的不幸。
呵，这小生命又靠谁抚养呢？
他的父母会是这家好心的房东！

不，他决不是我的累赘，
他的生命比我自己还要珍贵。
为了追念我心上的人，
他的哭声都是我的安慰。

想到这里，涌来的是更威严的空虚，
失去了丈夫，难道又要失去孩子？
呵，我宁用自己的死换取这种牺牲，
怎么办呢？我面向墙角低声哭泣。

哭泣是一种享受，久了也会厌倦，
我走出屋，眼光投向天边。
呵，茫茫的白雪还在飘落，
千万条羽箭射乱了我的视线。

什么是他遗留下来的纪念？
是孩子，不，还有三封信件，
我用抖动的手把它们取出来，
黄色的土纸上留下了万斤的情感。

仿佛是大旱天寻察天上的云丝，
我拭干眼泪看着那行行的小字。
第一封信写于他进入敌占区的时候，
纸上飞跃着紧张和匆忙的气息。

"……这里的局面已经打开，
群众用无声的微笑欢迎八路军回来。
我们的活动却还得十分隐秘，
分成小股插进敌人的中心地带。

"毫无疑问，我们一定能站住脚跟，
敌人的优势挡不住将来的失败。
我很好，如你所说，我是机关枪，
我永远发射着，为了党也为了你的爱……"

看，真是一架粗心大意的"机关枪"，
他连问也不问我孕期的健康。
也难怪呀. 他负着多重的担子，
怎么好意思把自己的妻子怀想!

不，应当问问他：难道就把我忘记？
然而，我的真挚的人在哪里呢？
现在，赶紧再看看第二封信吧，
冰凉的泪水又轻轻地落下几滴。

"……一场小小的战斗刚刚打过，
我们从敌人包围圈的缺口逃脱。
刚建立起来的巩固区又被摧毁，
武工队里的区干部牺牲了两个。

"敌人已经死盯住我们这一块了，
看来，要搞成根据地还得几个回合。
他妈的，这帮蠢猪太讨厌了，
临到挨刀的时候还得拱个墙豁……

"……你好吗？孩子该生下来啦？
可别忘记，要教他学会叫爸爸！……
（这人多么呆，多么有趣呵，
那时孩子还没有生，怎么会说话！）

"不要惯孩子，不要叫他哭，
从小就把他培养成钢铸铁打！
（这个人最讨厌别人的哭泣，
哎，我也不哭啦，快用袖头擦擦。）

"……我知道，你现在并不轻闲，
当母亲，比当县委书记还要难！
当爸爸到底是什么味道呢？
可惜我实际上还没有这种体验。

"当我意识到我已经有了孩子时，
一下子就觉得自己长大了几年，
你可不要看轻母亲的责任哪，
我们打天下，就为让他们坐江山……

"……我提议你一面带着孩子，
一面继续去发动你们妇女。
有些女干部不愿做妇女工作，
我认为，这是一种古怪的脾气！

"你知道，我是妇女的'善良的敌人'，

像怕火灾一样地怕她们哭泣。

我真想动员所有的医生，

把她们的泪腺统通封闭。

"可是，我对她们决不排斥，

（也许还有一丁点儿轻视，）

这一次斗争却教育了我，

艰苦环境下，她们蕴藏着极大的潜力……

"……亲爱的，请你不要生气！

我这荒唐的议论只能够发给你。

（这个人有多么傻，多么天真，

哪有什么气呀，有的只是情谊！）

"糟糕，你的信一封也收不到，

当然，对你的情况我有正确的估计。

好啦，这封信写了一个钟头，

为了开展工作，我多么需要沉思！……"

其实，他哪有什么正确的估计！

他写这封信时，孩子还没有出世。

只要能正确估计敌情就好了，

哪怕他还不大懂得女人的事。

他这一番话吸干了我的眼泪，

好像是暴烈的日光蒸发了雨水。

是的，做这样的战士的妻子，

就应当跟他一样勇敢和无畏。

这样的人我怎能失掉？

他的生命比我自己的还重要。

让我平静地看看第三封信吧，

也许能够发现他生死的征兆。

"……这是紧张而恐怖的夜晚，

敌人占领了我们出没的高山。

我们打个转身钻了出来，

乘虚而入，逼进他们的据点。

"可惜，我们的力量太小了，

还得提防他们后方部队的捣乱。

但我忽然来了一种兴致，

想要跟你遥遥地谈上一谈。

"……题目叫做'战斗的人生'，

——你不要笑，我的态度很郑重。

古人喜欢说'生年不满百'，

我确信人的寿命是无尽无穷。

"多少个战士的心脏停息了，

我们队伍的河流却越来越汹涌。

人类的财富和智慧积累起来，

不仅要征服地球，还有无限的天空。

"我认为，人的职业就是战斗，

以进攻的姿态冲开路途上的关口。

活着的时候是生气勃勃，

就是死了，信念也会永垂不朽。

"我懂得，战略进攻是胜利的保证，

败仗常常根源于战略上的保守。

在战斗中，懦怯往往招来伤亡，

勇敢则能使你在危难中遇救……

"你瞧我跟你谈了这么多哲理，

你也许奇怪我怎样有这般的心绪。

亲爱的，这里实在没有什么不同，

只不过比你多听几声枪弹的唏嘘！

"这算什么！用不着惦念我，

英勇战斗就是缩短我们之间的距离。

有机会就托人捎来封信吧，

但用字要小心，别忘记这是游击区……"

呵，这难道就是死去的人的笔迹？
不，不，这样的战士怎么会死！
他一定活着，生龙活虎般地活着，
除非他老得丧失了清醒的意志。

他活着，这才是生活的规律，
一切可怕的猜测都是荒诞无稽。
如果我再有一秒钟的怀疑，
那不止是无知，而且很可耻。

亲爱的，你的嘱托我都记下，
我一定忠诚地实践你的话。
如你所说，为了党也为了你的爱，
我要等着你胜利回到这个温暖的家。

我决定不去前方亲自把你寻找，
难道那里的组织还会将你忘掉！
这里有你热烈关怀的孩子，
也有战争和革命的需要。

我明天就到政治部去谈工作，
还像平常那样轻松而且欢乐。
呵，天已染上黄昏的色调了，
旋转着的雪花还在静静地飘落……

三、等待

过了两天，当这场大雪停止降落，
我就接受了一桩新的工作。
组织上为了照顾幼小的婴孩，
把我调进了出油印小报的报社。

我以一种异乎寻常的狂热，
迎接这不熟悉的有趣的生活。
修改稿件、刻钢版、印刷，
我既不感到忙碌，也不觉得烦琐。

这时的解放区正处于危险中，
我们的城市一个个被匪军占领。
当这些消息从耳机上传来，
我的心像被刀割一般疼痛。

我并没有因此联想到我的亲人，
但这些土地跟我血肉不可分。
暂时的失败也没有使我绝望，
但我越来越懂得受难者的心。

假如，哪个女人失去了丈夫，
假如，哪个孩子失去了父母，

我会说 : "不要难过,勇敢地活下去吧!"
但他们的创伤怎么会轻易平复?

我们应当全心全意地工作,
此外再也没有别的道路。
最刻板的工作都是有趣的,
严重的疲劳正是最大的幸福。

这时"新华社"发来的动人的社论,
每一次都先使这小编辑部振奋。
社论中的太阳般火热的语言,
总是暖烘烘地照耀着人们的身心。

我们手制的这张不漂亮的报纸,
寄托着万千人民的深情厚谊 ;
通讯站有时传递晚了一天,
热心的读者就感到难耐的焦急。

当我们犯了一点技术性的错误,
常有几十封鸡毛信飞传到编辑部。
而严厉的批评也并不使我们沮丧,
我们感受到人民的关怀和督促。

在这样的环境下,我应当满足,

紧张地工作着，一分钟也不虚度；
晚上，回到家就给房东念报纸，
照抚着孩子，尽着母亲的义务……

……呵，我们延安撤退的消息，
却一下子打乱了我生活的秩序；
有整整的两个夜里不能睡眠，
整整两个白天不思饮食。

我不间断地思索又思索，
战争的形势火烈地煎熬着我。
我并没有失去胜利的信心，
但我们已面临着更严峻的时刻。

在第三个又愤激、又乏困的晚上，
我老早地回到我的住室里。
没有跟陪伴我的姑娘说一句话，
和衣躺在孩子身旁就昏昏睡去。

于是，在延安的一个山沟口外，
忽然看见他从对面向我走来。
我飞鸟似地朝着他扑过去，
他并不显得快乐，反而有些骇怪。

他把我拉到通往延河的小路，
在草丛中，我们面对面地站住。
他伏在我的耳边低声说：
"你为什么还不走哇！真糊涂！"

我一下子悟到延安已经失陷，
而我到这里究竟有什么事要办？
呵，是他在这里做地下工作，
我偷偷跑来把他看上一看。

他更生气了，瞪大眼睛把我申斥：
"你干吗误了工作，丢了孩子！
难道只为跟我见上这一面？
延安很快会光复，你何必性急！"

我气得哭了，心中充满了委屈，
我心想：这里的斗争也要有人坚持，
而且你为什么不替我想一想：
我过了多少怅惘的期待的日子？

他又说话了，态度好像特别严厉：
"你快回去，而且把我忘记！
不要老是这样哭呀哭的，
延安不光复，我反正不见你！"

说完，他转过身扬长走去……
而我还在哭，几乎喘不过来气。
当姑娘摇着我的头把我叫醒，
泪水已经把作枕头的衣包濡湿。

醒来时是一个令人战栗的瞬间，
我的肺腑都好像打着寒颤。
绵延几个月的平静被粉碎了，
短短的一夜集中了几个月的悲酸。

我也责备自己：你为什么这样脆弱？
一个城镇的得失并不那么重要。
只要我们有生力量还在发展，
整个中国都会冰化雪消。

但是，胜利的日子好像还很远，
我已经耐不住这悠长的时间。
我的人哪，战争一天不结束，
一天也回不到我的身边。

俗话说得好——"夜长梦多"，
这悠长的岁月他又怎样度过？
太阳天天升起，天天下降，
这之间谁知他会碰上什么差错！

他在做地下工作吗？谁知道！
也许他还被关在敌人的囚牢。
那非人的残忍的刑罚，
怎会不把他的健康消耗?

这一切当然也还是难以预料，
而我的信念怎样也不该动摇。
可是，为了索取最低限度的安慰，
我实在是从所未有地焦躁。

这以后的几天是最危险的时刻，
我几乎在绝望的深渊中沉没。
我的人啊，你究竟在哪儿?
难道你的存在像梦一样不可捉摸!

然而这时，我们报社的党组织，
我们所有的年轻的编辑同志，
他们都比我镇定和沉着，
在不疲倦地追寻着更多的消息。

呵，党中央并没有离开陕北地区，
毛主席在坚强地掌握着战局!
是的，这就是一支最伟大的力量，
确定地会把失败转为最后的胜利。

想着这个神圣的艰巨的战争，
我的神志终于恢复了清醒：
为了亿万人的解放事业，
个人的悲欢又何足轻重！

呵，即使是个人的遭遇，
又怎能不跟整个战争相联系？
我的人哪，只有胜利的时候，
我才能发现你的踪迹。

是的，我能够把他暂时地忘记，
怀想、担惊，又有什么真实的意义！
那千千万万的战斗着的人民，
谁没有自己的独特的心事？

这是战争啊，不会没有死别和生离，
而我所见到的面孔却都那么坚毅。
不是他们失去了苦痛的感觉，
是他们懂得：一切幸福取决于胜利。

如同雷雨过后露出万里晴空，
我的心又重新呈现一片平静。
我仿佛一下子长大了几岁，
连平常的举止都好像比从前持重。

度过这又一次的内心的风波，
我又重新思考了许多许多。
为了争取那个欢欣的日子，
我该怎样不疲倦地工作？

一个月、两个月、三个月过去了，
战争的形势一天比一天好。
我们的这张小小的报纸上，
每天都有一个令人雀跃的头条。

胜利照亮了每一张疲倦的脸，
但对于我又是一种重大的考验。
每当我贪婪地看着抄好的消息，
他的影子就在那上边出现。

战争中的每一个大小胜利，
缩短了我和他之间的距离。
我的欢乐的感情难以形容，
而焦躁的心绪也不可抑制。

我总是用最大的理智，
控制住这种不平静的心绪。
无论在报社里还是在家中，
从不愿单独地度过一小时。

偏偏闯进来一种奇异的时刻，
细雨和鸦声送来阵阵的寂寞。
这时，我往往不敢向天边寻觅，
那里仿佛跟我的心一样的空漠。

谁知道在哪一片云彩的底下，
漫走着一个遥望天边的他？
如果他在那里向我招手致意，
我又怎样给他以回答？

喧闹的白天短暂而又充实，
夜晚就显得太长而又无限空虚。
但我一点也不怕那戏剧似的梦，
只是醒来的瞬间才使我畏惧。

当我走在村外的车路上，
我总希望跟他突然相逢。
离远看，很多行人的神态都相似，
走近来，个个都变得这样陌生。

当解放军走过我的面前，
我总要把每一张面孔看遍。
而每一张面孔都跟他相像，
却没有一张是他实在的容颜。

当有些男同志调往前方，
我总想请他们给我带封信。
但我鼓起勇气张开了口，
又说不出哪里有我的收信人。

回来吧，亲爱的，亲爱的，
我在用我的全心等待着你。
等待着那么一个早晨或晚上，
你突然亲昵地呼唤起我的名字……

四、凝 结

又是两个月、三个月过去了，
萧瑟的秋天已经悄悄来到。
这时，人民解放军转入大反攻，
农村卷起了土地改革的风暴。

这是一个急风骤雨的时代，
中国有如一座巨大的舞台。
反动的统治者纷纷消退，
伟大的人民昂然站起来。

每一颗生命都发出了光彩，
每一次呼吸都格外感到痛快。

人们啊，我跟你们并没有什么不同，
只是还在焦心地把他等待。

等待，这是一种慢性的刑罚，
它是酸楚的，而且也很辛辣；
但它又是有吸引力的烈酒，
它使人沉醉，又使人痴傻。

在一个跟每个早晨一样的早晨，
我正为吸引我的事情所吸引。
忽然，有个俊俏的少年通讯员，
莽莽撞撞地推开我的屋门。

"嘿，于植同志，主任叫你，
他马上就出发到哈尔滨看病去。"
好，让我梳梳头、洗洗脸吧，
几分钟后，我已经在路上驰驱。

当我到达那个村子的时候，
主任已经被搀扶着走到门口。
啊，我有几个月没有见他了，
他那苍白的脸庞变得更消瘦。

但他的眼光还是那么烁烁有神，

锐利地回答着送行者的问讯。
对于手边没有完成的工作，
他一再嘱托代替他的人。

当他从人群中发现了我，
他的脸上浮起孩子般的欢乐：
"怎么样？你和孩子都好吗？
叫你来，是要分配给你新的工作。

"想叫你去搞土地改革，
你还应当同群众进一步结合。
至于你的爱人嘛，别着急，
全国解放了，还愁找不到下落！"

说着，他吃力地登上了汽车，
喉咙中又来了一阵急促的干咳。
他带笑地向我们挥挥手，
神情是那样振奋又洒脱。

我抢着说："我早就想下去。
那么，你什么时候回来呢？"
他回答："快，顶多三个月，
其实，我这老病本来用不着治。"

跟着，汽车的马达就突突开动，
车尾的浓烟遮住了他的身影。
车子远去了，人们还在凝望，
我的心像装满了铁砂般沉重。

我把他看作我最慈爱的父亲，
他的存在就是我坚强的信心。
现在，他远远地离开我了，
我的生活的河流又有了波纹。

可是，我也不能不为他庆幸，
他的老病看来已不算轻。
到哈尔滨当然可以很快治好，
他一定还有一段灿烂的生命。

我正在伫立着，陷入沉思中，
身后，忽然响起低低的啜泣声。
我回过头来顺着声音望去，
原来是上次认识的那位医生。

好奇怪，是什么样的祸事，
使这位堂堂男子汉如此动情？
同志间在战争中的分别，
又哪里用得着这样悲痛？

我惊异地走到他的身旁，
一种羞愧的表情浮现在他脸上，
可是，他依然痛苦地说不出话，
默默地向主任的去处凝望。

我严厉地、连声地追问他：
"你这是怎么啦？这是怎么啦？"
他连看也不看我，只顾摇头，
哎，这个人大概生来就不爱说话。

有人说哑巴遇事可以憋死，
会说话的哑巴却叫别人着急。
有几次他看着我似乎要说话，
但话到口边又咽了回去。

过了半晌，他的神色显得更庄严，
仿佛有了什么伟大的发现。
但当他叫了一声"于植同志"，
那大眼睛又露出了几分腼腆：

"我这个知识分子，还不是共产党员，
我的心比你们妇女的还要软。
我虽然在战场看过千万人的死，
可从来也没有碰见过这样的场面。

"医生的天职是治病救人，
医生应当具有最广泛的同情心。
但是，挽救自己的同志的生命，
这是最伟大的人道主义精神。

"你们不知道，主任已活不了几天，
他左右两边的肺都快要烂完。
可是，他从来也不考虑他的病，
繁重的工作快把他的生命压干。

"现在这一去他不会再回来，
作为一个医生我感到极大悲哀。
而这样的人怎么能死呢，
他应当兴致勃勃地活个千秋万代。"

医生说完，就扭过头迅速离去，
大概他的忧愤已经发泄完毕。
只剩下我这孤单单的一个人，
在秋风吹拂下承继他的哭泣。

过一会，我也学了他的样，
飞快地奔行在回来的路上。
第二天，我就抱起我的孩子，
走向农村的土地革命的战场。

我决心抱着主任式的英勇，
投身于农村的革命风浪之中。
于是，我好像一只海上的水鸟，
连每根毛发都挂满战斗的旋风。

古老而又年轻的北方中国，
正跟地球一起隆隆旋转着。
从这里发出的反抗的吼声，
使天空的星星都感到惊愕。

农民以顽强而迟缓的动作，
粉碎了缚在他们身上的绳索。
地主阶级的积久的威风，
像秋天的黄叶一样纷纷跌落。

人民群众的海洋的大波，
一下子就把我自己吞没，
我不过是一个小小的水滴，
跟海洋在一起才能把光芒发射。

这个冬天，跟去年一样严峻，
野悍的风雪吹打着每家的窗门，
贫农们穿着缀满补丁的小袄，
哭诉着积压了世代的愤恨。

我不仅以语言、而且以眼泪，
参加了充满悲壮气氛的大会，
当台下举起了铁锤般的拳头，
我的心仿佛也化作愤怒的铁锤。

在这许多不平凡的晚上，
我总要跟农民们谈论家常，
呵，那些看起来很烦琐的事，
不正说明生活的丰富和兴旺！

春天，柳树抽出了淡绿的嫩枝，
塞外的黄风夹带着雨点般的沙石，
山沟的田野里红旗飘卷着，
成群的农民丈量着土地。

在这群妇女中也有一个我，
我总是和她们一起焦急和欢乐。
当分地标记钉在谁家地头的时候，
我的动荡的心也好像安定了许多。

姐姐妹妹之间也有争吵，
为了一件小事曾不休地喧闹，
在我细心地为她们调解纠纷时，
我懂得，生活很复杂也很美好。

初夏时分，人群和大地一起翻腾，
解放大军开来了，如同江河解冻，
妇女们穿上地主的花衣裳，
把自己的亲人欢迎又欢送。

我可没有花花绿绿的衣着，
但我的心却跟她们一样闪着彩色。
我总是和她们肩并肩站在一起，
看着亲人们从我们身旁走过。

妇女们的艳装实在容易把人招惹，
无数只眼睛向我们身上投射，
战争的胜利终于接近了，
我们自己，也曾尽了自己的职责。

秋天到了，前线传来大胜利的消息，
田地里收获了庄稼的果实，
虽然，我们还没有过完饥苦的年代，
但每个人的心头都尝到了甜蜜。

我曾跟妇女们去收割庄稼，
那生活的激情总使我奋发，
她们谁也懂得未来的艰辛，
而幸福的前程却越来越远大。

那些农民都很善于诙谐，
跟妇女们说起笑话来滔滔不绝，
他们总是故意贬低我们，
但两方面欢乐的心情谁也理解。

呵，这几百个白天和黑夜，
我真的和这个伟大的集体相凝结，
现在，我才粗粗地懂得了：
生活中确有一种忘我的境界。

这些珍贵的黄金的日子，
永远永远刻在我的记忆里，
在未来革命家的生涯中，
我也将永远永远跟人民在一起。

读者呵，你们一定会要怀疑：
难道我真的把我的爱人忘记？
是的，我一次也没有为他哭过，
而且从来没有诉说过我的心事。

然而，我的描述必须绝对真实，
你们懂得，自己的亲人又怎能忘记！
我只能告诉你们一条秘诀：
坚强的战斗者不能感情用事。

五、烦　扰

在幸运的时代里又遇到了不幸，
不到两岁的孩子忽然得了重病。
晚上，当我从村公所开会回来，
他正痛苦地翻滚着，已人事不省。

这意外的袭击使我惊惶莫名，
我跑到五里地外去请那位医生。
医生默默地看看我，提上药箱，
一阵跑步，来到我们的家中。

可怜的孩子似乎已奄奄一息，
张着小嘴，困难而急促地呼吸。
医生详细地检查过胸背和全身，
然后呆呆地坐着陷入沉思。

呵，医生，你这举动又使我惊奇，
孩子的病状显然已很危急。
这不是作科学试验的时候，
一分钟的时间常常可以决定生死。

你曾热烈地关怀主任的健康，
这是对的，我的心情跟你一样。

可是这个失踪了的战士的孩子，
难道对于你就是无关痛痒？

我问医生："孩子的病有没有危险？"
他依然呆坐着，好像没有听见。
半晌，他才从药箱中取出注射器，
走到孩子身旁回答说："治治看。"

我用焦灼的口气向他央告：
"医生同志，你千万细心给他治疗，
我们这个家庭已经十分不幸。"
他却心不在焉地说："我知道！"

医生的这种近乎冷淡的神气，
为母亲的心增添了新的忧虑。
我心想：这大约是个软弱无能的人，
医生的职业对他恐怕未必合适。

他却已经熟练地把针插进皮肉，
挤出药汁，又熟练地轻轻撤走。
打完针他又从药箱中取出药末，
而他又包办地灌进孩子的口。

然后，他又坐在炕沿边一声不响，

无论你怎样问他，他也不大搭腔。
然后，又周而复始地打针、灌药，
然后，又周而复始地呆坐在炕沿上。

这样经过了三四次的重复，
孩子的面色并不显得宽舒。
我在暗暗地埋怨医生，
一定是他的冷淡把病耽误。

可是，他又似乎并不冷淡，
他给孩子的治疗也很频繁。
当我第一次见到他的时候，
他在主任面前也有相同的表现。

不同的是他那时好像很忧伤，
连那双大眼睛都显得暗淡无光。
而今天他却格外的平静，
他的动作总是那样不慌不忙。

又经过三四次同样的治疗，
孩子的病忽然开始见好，
那痛苦的喘息稍稍安定下来，
医生的脸上也现出一丝微笑。

这时，院外开始露出蒙蒙的晨雾，
白色的黎明扩展在东方的天幕，
当太阳的红光照亮窗纸时，
医生提着药箱悄悄走出了屋。

呵，这时我真想把他叫住，
孩子的病还没有平复，
但我的话实在说不出口，
他那奇异的表现已使我敬服。

当太阳溶解了早晨的烟雾，
他又拿着药箱和书走进了屋。
于是又一次地打针、灌药，
然后呆呆地坐在炕沿上看书。

白天又经过这样八九次的反复，
孩子退烧了，已不感过分痛苦，
而医生却既少饮食又没有睡眠，
黄昏时，他靠在墙上一下子睡熟。

醒来时，他亲自去向房东借宿，
又向我提议轮流把孩子照护，
我答应着，说了很多感激的话，
而他呢，简直什么也不吐露。

又经过一夜的护理和治疗，
早晨，孩子的脸上现出了欢笑。
这时，医生却多少带着紧张的神色，
轻声地向我提出严肃的警告：

"可要小心护理，孩子的病是肺炎，
如果护理不好，还可能重犯。
有什么新的情况就来叫我吧，
我对于这个孩子的责任还没尽完。"

他走了，我望着他那宽大的背影，
有一种说不出的歉疚的感情，
我曾经错误地把他当成冷淡的人，
其实，他是一条烈火般的生命。

呵，对于他，我是多么感激，
对于他，我怀着最深的敬意。
可是，我实在不敢跟他多说话，
他的性格至今还使我诧异。

此后，他每天都来看望一次，
每一次他都因孩子的见好而欣喜。
他却依然是那样默默无言，
这个人啊，你永远也不会跟他熟识。

这时，随着前线部队的胜利反攻，
我们后方机关也前进到一座小城。
当天晚上，我又在门口见到他，
他原来跟我们住在同一条胡同。

第二天，他又来检查孩子的身体，
我无意中透露出我的一点心事。
老实说，当我为胜利狂欢的时候，
同时也有一种难以克制的忧虑。

城市收复了，我的人总不来信息，
如果总不来信息，那才令人恐惧。
当医生默默地体察到我这种心绪，
他终于说话了，现出严肃的神气：

"要执着地信任自己的希望，
要执着地信任我们的人的力量。
不要轻易相信没有证实的消息，
不要轻易相信一个人的死亡。

"这是主任给我留下的启示，
在任何困难情况下他也不着急。
嗯，你知道吗？他最近来了信，
说病已略微见好，很想回来呢！

"我一直寄与你的孩子以同情，
在主任那里的那天我也很激动。
我不承认我是温情主义者，
你们的遭遇却使我万分悲痛。

"当你的孩子患了那样的重病，
我的心比为谁看病时都更沉重。
但由于我的热烈的希望和信心，
才有效地挽救了他的生命。"

呵，这是多么好、多么深沉的人，
我真想把我的全部经历跟他说尽。
可是他忽然掏出怀表看一看，
也不告别，就匆匆地走出了大门。

第二天，当他再来的时候，
还是照旧地看孩子而又不开口。
但他那双明亮的大眼睛，
却隐隐地闪出轻微的忧愁。

他这种神情也曾使我烦忧，
我可不敢问他有什么原由，
我以很大的热情接待了他，
而他也不做一分钟的多余的停留。

这些日子，真是最重要的时刻，
前方的捷音像雪一样地飘落，
而关于我的亲人的消息，
却像清风一般寻不见线索。

这个我所崇敬的医生同志，
在我最需要支持的时候给我以支持，
纵然他的话是那样的吝啬，
但他的存在就是一种助力。

可是，他居然接连四天不再来，
天天都空让我焦心地把他等待。
这个晚上我不能不去询问了，
原来，前天夜间他就从这里离开。

听见这个没有预料到的消息，
我简直遭到了尖锐的一击，
从他原来的寓所缓缓走回来，
热辣辣的眼泪忽然掉下几滴。

当时，我自己也感到几分惊奇，
这个可敬的人不过是普通的同志，
对他自然有着说不尽的感谢，
若动起感情来可有些多余。

然而，我的激动的心还不能平息，
我的面前不断地闪动着他的影子，
呵，这到底是怎么一回事呢？
难道对他的感情已不限于友谊？

想到这，我禁不住告诫我自己：
一刹那的摇摆也不能允许！
我自己的人哪，战争都快胜利了，
你为什么还一点也没有信息？

当然，我的信念并没有丧失，
我的心谁也不能夺去，
当我意识到这个隐隐的念头，
它也同时就像烟一样飞逝。

然而，生活是何等的严厉，
孩子的病又给了重重的打击，
一个人即使经过千锤百炼，
也不能放松一分钟的警惕。

忽然，有人轻轻地推开我的门，
进来一只手，递给我一封信。
呵，这正是医生的字迹，
不打开看看又怎能对得起人！

信上写着："亲爱的同志，你好！
我已经带着医疗队来到了前线。
从此，我永远斩断我的可耻的思想，
抹去我最后见面时的无声的语言。

"愿你安心等待着，爱着孩子，
信守着你的最珍贵的信念，
如果我能在这儿帮助你，
那对我是巨大的幸福和喜欢……"

我把这张信纸叠起来撕了又撕，
小片的纸从我手上飘然落地，
我的远方的不知去处的人呵，
请相信你的忠贞的妻子！

六、欢 欣

生活给我以最确切的启示：
困难和波折从来都是暂时的，
当你以战士的英勇面对一切，
什么痛苦和烦忧都会过去。

一个隐秘的角落被揭开，
总有一股尘土飘浮起来。

我呀，又经历了一次折磨，
而希望的花朵并没有衰败。

医生，你是我的最好的同志和朋友，
对于你，我永远怀着尊敬和歉疚。
即使你是热心地爱着我吧，
但，爱的人为什么一定要占有！

朋友，你的错误是你的这封信件，
世界上有许多事本来就不该说穿。
你这个虽说是光明磊落的行为，
却实在妨碍我们坦率地相见。

可是，这封信到底起了良好的作用，
它使我们从根上斩断了爱的缰绳。
我跟这个医生可不一样呵，
那个遥远的战士早就占有了我的爱情。

我不会依靠不正当的慰藉，
来填补生活中的某种空虚，
我要永远凝结在斗争的烈火中，
生活才会感到美满和充实。

一个刮着寒风的夜，很安静，

我把这片片的思想带入睡梦中。
这里没有辛酸、没有痛楚，
只有一种飘忽的迷惘的激动。

嘭、嘭、嘭，好大的响声！
我当是解放军的榴弹炮在轰鸣。
隔壁房东的"谁呀？"的问话，
才把我从半睡眠状态中惊醒。

从门外的熟悉的答话声，
我辨出这位不速之客就是医生。
呵，他为什么又来了呢？
莫不是他故意扰乱我的宁静！

不，他不是那种口是心非的人，
他从来是那么矜持而又自尊。
当然，即使他怀着那样的感情，
在这风寒的夜里也得给他开门。

从窗户缝里，我看见了他的身影，
他迈着轻快的步子往里移动，
我忙乱地穿好了那件皮大衣，
他已经站在窗前呼唤我的姓名：

"……于植同志，快起来吧！
你最想念的人已经回到部队啦！"
什么？我简直听不清楚，
真担心医生把话儿说差。

"你的爱人回到部队啦！"
他又重复地说了这句话。
呵呵，这再不会是假的了，
突来的幸福弄得我心乱如麻。

我屏住气，把客人让进屋，
发现他皮帽边挂满了小冰柱。
现在虽是初冬的天气，
而塞外的严寒已到零下十度。

可是，我实在来不及招呼客人，
"他现在到了哪里？"我急切地问。
客人快意地笑着："烧点水喝，
把我这冻哑了的嗓子润一润。"

我呼噜噜地拉起灶旁的风箱，
他坐在我身旁的一堆柴禾上：
"一切危险都已经过去了，
他的问题都安排得妥妥当当。

"他现在离这儿六十五里地，
住在我们的后方医院里。
我昨天晚上才把他运到，
又赶紧连夜给你送这个消息。"

呵，医生，我更深一层地敬爱你，
真诚地接受你的情谊。
但是，我的人又有什么危险吗？
说吧，无论什么风浪我都经得起。

"请你允许我从头讲起，
这是从他的朋友那里听来的。
因为这样不只会给你更多喜悦，
而且对我也是一个生动的教育。

"两年以前，在一次战斗里，
在撤退中，枪弹打中了他的右臂；
昏迷使他失去了抗击的可能，
一群冲上来的匪军把他俘去。

"开始，他们怀疑他是指挥员，
他受到了你可以想象的灾难，
毒打、灌辣椒水、烙铁烙……
总之，他经历了最残酷的考验。

"这一切当然都没有发生作用，
他咬紧了牙不吐半点真情。
可是，当敌人的逼供过去以后，
他那臂上的伤口又化了脓。"

啊，我的胳膊也感到疼痛，
我的骨肉跟他的早就息息相通。
"那么现在呢？他在哪儿？"
我急切地颤声地追问医生。

医生的习惯真叫人着急，
他依然不慌不忙地从头说起。
他说："我刚才已经交代了，
他现在根本不会有什么问题。

"按照一个普通医生的观点，
他的伤势简直不可能好转；
你看，细菌已经繁殖在伤口上，
它们怎会自动地让出这块地盘！

"人的生命力有时非常神奇，
它竟能代替磺胺把细菌杀死。
当敌人把他编进俘虏营的时候，
他已经重新成为一个壮士。

"幸亏他有这样精壮的身体，
敌人终于把他送到煤矿充当苦力，
当然，这又是最残忍的刑罚，
最坏的劳动条件，最低的待遇。

"在那最恶劣的艰难的条件下，
一颗革命种子还要生根开花，
敌人的严厉的监视和管制，
既不能使他就范，也没有使他惧怕。

"你们共产党员只怕没有群众，
有群众就有伟大的前程。
在那些俘虏和矿工的群众里，
他又施展出共产党员的才能。

"就在他当苦力的第二个月份里，
他亲手组成了第一个秘密组织。
在第四个月，这个组织又扩大了，
并且很快得到了地下党的默契。

"因为党还没有弄清他的来历，
所以不能马上跟他接上关系。
他却灵敏地体会了党的意图，
在行动上配合得非常之紧密。

"总而言之，他们工作得很顺利，
当解放大军围住这个矿区，
他们不仅能够送出最确实的情报，
而且已经组成了队伍、掌握了武器。

"战斗的行动开始了，
矿里矿外响应了一致的信号。
当解放军冲破铁蒺藜的时候，
他们从后面摧毁了敌人的碉堡。"

是的，这一切合乎他的性格，
我自己的人，我不会看错。
医生，你现在更该了解到：
我的信念为什么不会沉落？

"矿区解放了，很快恢复了秩序，
他要求党解决他的组织问题。
组织上同意了他的请求，
他骑上一匹快马，奔向我们的驻地。

"也许是他的心过于激动，
在半路上又碰到了新的不幸。
呵，这件事我真不想告诉你，
因为这会打乱你的幸福的感情。"

"怎么？又出了什么事？"
我问着，我的心快冲破了大衣。
哎，这个粗心大意的人哪，
你为什么总学不会珍重自己？

"他从奔跑着的马上跌下来了，
严重地震荡了他的大脑，
有十几小时处于昏迷状态，
而当时又无法进行有效的治疗。

"当他到了我们的医疗所，
那病状简直使我格外难过。
同志，这不是普通的伤员，
如果他不好，会给我双重的折磨。

"经过我们的紧急的治疗，
他的病情终于一天天见好，
只是前方那渐远的炮声，
还会使他的神经受到惊扰。

"是我提议把他送到后方医院，
也就是送到他的爱人的身边，
我又请求组织允许我亲自送来，
对于他，我应当把一切责任承担。

"不过，于植同志，我要声明，
我关心他，并非完全出于个人感情，
你们这些党员同志的光辉，
将照亮我这个平凡的人的一生。

"一个伟大的人说过：爱能战胜死，
是的，我永远信服这个真理。
我祝福你们，我的朋友，
我的心也永远跟你们在一起。

"现在，他已度过了危险期，
但是，他仍然需要你的扶持。
快把东西收拾收拾吧，
马上就走，带上可爱的孩子。"

医生的话刚刚说完，
我的心神又变得格外慌乱。
这事情来得未免太快了吧，
虽然我已经焦灼地等待了两年。

对于病人的新的灾难，
我仿佛一点也不感到危险。
他就是死了，都会活过来，
因为有党和我和孩子在他身边。

七、赞 歌

读者呵，事实正如你们所预料，
我的遭遇跟应当遭遇的一样美好。
当我和孩子坐到他病房的炕上，
他张开胳膊把我们紧紧地拥抱。

我要郑重地说明：我没有哭，
过分的兴奋使我多少有些恍惚。
当我从门口看见那张熟悉的脸，
我的眼前浮现了千万颗珍珠。

他还不能坐起来也不能多说话，
他的眼睛却给我以最热情的回答。
我叫孩子大声呼唤他的爸爸，
爸爸害羞地吻吻孩子的嘴巴。

我坐在他的旁边不住地望着他，
啊，头上已经显出几根白发。
这个年轻的英俊的勇士，
离开了亲人真显得老啦！

纵然胸中蕴蓄的话是那么多，
可是我从哪里开头向他诉说？

一切悲苦都被他的眼光扫尽，
而幸福的感情又往往使人沉默。

和他共同生活的这个白天，
我们的眼光一直紧紧牵连，
爱人之间，眼睛最会说话，
我们几乎用不着借助语言。

我又被批准留在医院把他扶持，
除了夜间，我们一会也不分离，
我只要一出门他就急着呼唤我，
可是我走回来他又笑说没有事。

每天早晨都是我跟他第一个相见，
每次都是我亲自给他端水送饭，
每个晚上都是我跟他分开得最迟，
每次分开我都把他的可爱的脸吻遍。

快乐的时刻一天天过去，
他的伤势也一天天见愈，
他的话一天天地多起来，
我们的爱情也一天天更甜蜜。

到第十天的清早，雪过天晴，

银色的晨光钻进了窗户缝，
他向医生央告说："天多好啊，
让我到野外散散步、宽宽心情！"

我们的朋友大概不好意思阻挡，
他只说"太早了，风太厉害天太凉！"
我故意打趣地跟医生说：
"你还不知道吗？他很坚强。"

医生笑着看了看，勉强地点点头，
我们像新婚夫妇似地有些害羞。
他却马上扶着我走出了房门，
沿着街道缓缓地朝着田野走。

呵，多么鲜明的光亮的田野，
田野上铺着一层软软的白雪。
微风都仿佛染上了雪的颜色，
阳光也像被雪洗涤得更清洁。

平地上站立着一棵棵高高的杨树，
四伸的枝干都穿上了白雪的衣服，
你可以把它们比作白衣战士，
但它们的神态比护士还要英武。

在那两行高大的杨树中间，
断续地有载着军火的汽车奔驰，
它们好像大海上穿行的轮船，
为平和的雪地带来了刚健的气息。

运载粮食的驴子的队伍，
也在公路边上匆忙地赶路，
扬着鞭子的赶牲口的人，
以那精力旺盛的喉音大声吆呼。

公路外有着一条条的长纹，
那里踩满行人的千万只脚印，
这些光华的银色的道路，
远远地通向乡村也通向城镇。

乡村和城镇都冒出炊烟朵朵，
高飞起来，几乎与天空一个颜色，
但当它刚从房顶上冒出来，
却像一根根白柱支撑着天的斜坡。

远山在天边画了个轮廓，
它好像故意从人们的视线中闪躲，
可是这浑然一体的天地之间，
只有它的边沿把二者间隔。

这真是一个美好的辉煌的世界，
一切的景物都缀合得如此和谐，
太阳仿佛既不吝啬也不豪华，
它恰如其分地把迷人的温暖宣泄。

我的这位伤员贪婪地四望着，
默默地享受着这难得的快乐。
可是，连我也不能准确地猜出：
他今天到底想着一些什么。

我的话被热情推拥着说了出来：
"今天的白雪格外叫人喜爱，
也可以说是我们的生活的象征吧，
因为我们的感情跟雪一样洁白。

"……这个医生真是好同志，
我们一向得到他极大的支持，
他呀，实在没有什么私心。
怀抱着的是革命的人道主义……"

我为什么要把医生提起，
连我自己也感到几分惊奇。
他却只笑一笑，思索着并不作声，
眼睛眯缝着，继续望着无边的雪地。

这时，红色的太阳从东山上爬上来，
它的神情中表露了巨大的惊骇：
这个从梦中苏醒了的大地，
为什么这样耀眼地洁白？

从乡村伸出成串的长长的影子，
把静静的雪地装饰得更加美丽，
喂！你们为什么出来这样早啊？
是吃过了早饭进城来赶集。

远处的村庄跳出了一个红点，
在晨光照耀下好像是一支火焰，
谁给雪地涂抹这样的色彩？
是骑驴的妇女身上的衣衫。

早安，提着筐的少女和挑担的大汉，
你们是不是也跟我们一样来尝新鲜？
我在乡村过了数不尽的早晨，
却没有一天像这样使人感到美满。

我的人哪，你难道跟我有什么不同？
你这些年来的负荷比我沉重。
这一次陪着妻子的散步，
对你，也许是丰富而复杂的旅程。

你为什么这样不声不响呢？
难道又想起你那悲壮的遭遇？
罪恶的敌人离你有多么远，
在你身旁的是你温柔的妻子！

我忽地想起他是不是有点疲劳，
他的创伤还没有完全养好。
我问他："累了吗？回去吧！"
他佯怒地坚决把头摇了摇。

他径直向前走着，连头也不回，
这清新的早晨真使他迷醉，
任你雪地在我们脚下吱吱作响，
任你小风在我们衣襟上吹。

他突然说："不仅要像雪那样洁白，
而且要像雪那样丰富又多彩！"
他从雪地上抓了一把雪，
轻轻地把我的头扭过来。

"你看呀，雪花有六个瓣，
它在阳光下显得多么灿烂！
黄的、红的、绿的、紫的，
什么花朵能有这样好看？"

好像是两个爱玩的孩子，
我们把这雪看来又看去，
雪也好像我们的生活，
仿佛越看越觉得美丽。

"亲爱的！"他忽然又叫我，
"有几句话我要跟你说！
我们已经不再是孩子了，
我的意思你当然会懂得。

"我们只能用我们的战斗生活，
为这多彩的白雪高唱赞歌，
像这样谈论白雪的日子，
不过像流星似的在一瞬间闪过。

"我今天来散步还有个目的，
想要和你商量一件平常的事。
现在，人民解放军正在向南挺进，
我们没有权利过安闲的日子。

"我是一个平凡的战斗者，
怎能忘记我的神圣的职责！
亲爱的，只有在我受重伤的时候，
才能安静地在你身旁度过。

"我想明天就向组织上请示：
让我马上就回到前方去。
战士和战士之间的爱情，
只有通过考验才会充满生机。

"亲爱的，你不要把我埋怨，
我对你的爱永世不变，
但是我们爱的范围是多么广大，
因为我们是光荣的共产党员。"

呵，我懂得，但是我不想说，
在我们之间插进来久久的沉默。
我们轻轻地踱着迟慢的步子，
各自低着头，专心地思索着……

粗心大意的人哪，我的勇士，
你还没有理解到我的意念；
在这艰难而曲折的斗争中，
难道只有你通过了严重的考验！

当然，你比我经历过更多的艰难，
越过了更大、更严峻的风险，
尽管你不告诉我两年的遭遇，
从别人口中我已知道得很完全。

是的，你那忠贞的政治节操，

你那自我牺牲的不懈的辛劳，

更使我最确切地望见：

一个共产党员可以攀登得多么高！……

1957 年 10 月 20 日—11 月 3 日草稿

1957 年 11 月底—12 月初改成

一个和八个①

①作者去世后首刊于《长江文艺》1979 年第 1 期。

一、一个傲慢的犯人

这是火烈的战斗里

一块阴郁而不安的小天地；

这是生活的广阔的海洋上，

一篷行将沉没的船只；

这是革命的军队中，

一座临时的随军监狱。

这里没有高大的牢墙，

一座监狱只有一间小房。

这里没有坚固的铁栅栏，

小房间只有普通的门窗。

这里没有皮鞭和镣铐，

有的是一片冷寂和安详。

在这北方农家的一条炕上，

八条大汉正等待着死亡。

八张发绿的脸冒出油汗，

十六只手被紧紧地倒绑。

一个战士在门口看守着，

射进来嫌恶和鄙夷的目光。

八个人都是杀人凶犯，

在这里要把恶行的后果承担。

有三个是出名的惯匪，

他们的残暴曾震动过这片平原。

在战争初期的混乱中，

他们又啸聚成伙，骚扰民间。

四个是我军的逃亡士兵，

他们全副武装溜出了军营，

当他们遭到哨兵的阻止，

几只刺刀扎进了他的前胸。

另一个是敌人派遣的奸细，

他曾把烈性的毒药投入井中。

八条生命并没有停止呼吸，

但他们的心灵已经枯死。

深重的叹息，疯狂的沉默，

驱走了乡间的清新的空气。
只有半睡的发红的眼睛，
偶尔把无声的话语传递。

远处儿童团的清脆的歌音，
传入房来却打不开心灵之门；
指挥员的拉着长声的口令，
这里的士兵都仿佛充耳不闻；
妇女们在村街上的高声哗笑，
也突不破这小房的沉闷。

而窗外每阵急促的脚步声，
却使这小小的房间颤动。
房前小树上的吱喳的麻雀，
常常打断人们的迷惘的梦；
牛栏中老牛的粗厉的喘气，
有时都会引起他们的失惊。

突然，院子里响起了一阵喧闹，
八颗心脏一齐在胸腔中暴跳。
八个人惊慌地抬头谛听，
哦，是一个男人在大门口咆哮：
"我偏不进去，我没有犯罪，
不要污辱我的共产党员的称号！"

叫喊声、跺脚声、叱责声……
足足地嘈闹了有五分钟，
战士们才把这个犯人拖进小房。
呀，这是个中等身材的士兵，
长长的脸，又黑又细的眉毛，
乍一看，简直有副女性的姿容。

仔细看来，他却已不算年青，
脸上的皱纹留下了风霜的踪影。
刚才那一阵发狂似的大闹，
弄得他满身尘土、双眼通红，
可是那疯人一样的外表上，
还透出一种理智和自信的神情。

新犯人被推拥着在炕头坐下。
愤怒和疲惫使他半晌说不出话。
他以锐利的目光扫了一扫，
巨大的疯狂又一次爆发。
他的双脚不断在炕沿上乱跺，
被绑着的手把土墙搔抓。

他对着犯人们厉声叫喊，
"滚出去！你们这帮土匪汉奸！
你们有什么资格跟我住在一起，

我跟你们这帮人不共戴天！"
那凶狠的、激怒的神态，
好几个犯人的手指都为之抖战。

可是他已经没有力气长久嘈闹，
他的身心是过于紧张和疲劳。
过了一会，他就平静下来，
颓然地垂下了头、弯下了腰。
人们以为他是睡着了，
但他忽然又把看守兵呼叫：

"同志，来，我说给你听！"
那神气仿佛是指挥员发布命令。
"你带个口信给三团三营长，
叫他证明我王金是不是反革命？
再到锄奸科去一趟，告诉他们：
我要求快把我的问题搞清。"

不知道是由于尊敬还是怕他纠缠，
看守兵顺从地连连把头点：
"好，好，我下了班一定去，
你安静地休息休息吧，教导员。
哦，"教导员"这令人惊异的称呼，
使八个人一齐瞪起了圆眼。

这小小的风波随后就归于平息，
王金眯缝着眼睛进入深思。
可是这奇怪的犯人的来到，
为八个垂死的人唤回了生机。
他们彼此会心地望着、浅笑着，
好像小兄弟们一道猜谜语。

然而这神秘的谜底谁也揭不开，
一阵怒气又涌上他们的心来。
这个傲慢的人和他那傲慢的话。
曾把这八个人的自尊心伤害。
他们不自觉地生出一种欲望，
要把这怪物的锐气挫败。

尖下巴逃兵第一个打破了沉默：
"说不定也是开小差的，咱们一路货！"
旁边的大胡子土匪摇了摇头：
"我看是个汉奸，跟洋人合作！"
矮小的奸细失笑地望着大胡子：
"看那凶劲，好像跟你们是一伙！"

大胡子向尖下巴挤挤眼睛，
鼓动对方先发起进攻，
尖下巴似乎有些胆怯，

又用肩膀碰了碰另一个逃兵。

最后还是大胡子开了第一炮：

"嘿，你是不是跟日本人有点交情？"

王金的眼皮颤动了一下，

长出了一口气，却不答话。

大胡子又愤愤地补充了一句：

"我问的是你，不要装傻！"

尖下巴也鼓了鼓勇气说：

"我们不汇报，用不着害怕！"

王金翻开眼瞅了一瞅，

随即傲然地回转了头。

这下子，把几个犯人都激怒了，

对着他把额头紧皱：

"混蛋，摆什么官架子！

到这儿来的还分什么香臭！"

这粗野的低哑的声音，

似乎也引起了教导员的愤恨。

可是他并不正面向他们回击，

他那锋利的目光有如刀刃：

"你们这些人知道什么，

不知道，就别瞎问！"

啊，这话引起了更大的愤懑！
垂死的人总要保卫最后的尊严。
一种狂烈的报复之火，
在这八个人的心上点燃，
咬牙切齿的诅咒和辱骂，
填满了这小小的房间。

大胡子的声音比谁的都响：
"别看他长个娘们的媚相，
他的心狠毒得像毒蛇，
我们村的三财主就是这样。
我杀的第一个人就是他，
现在这个杂种也活不长。"

另一个粗眉毛土匪以教训的口气，
朝着王金展开了正面的攻击：
"以后你得放老实些，
论英雄好汉也数不着你！
老子当土匪、打官兵的时候，
你还躲在你娘的肚子里。"

尖下巴也发出尖锐的低音，
故意地向粗眉毛反问：
"他这样子的人还有娘吗？"

然后又狡猾地笑对着王金：
"我知道，你准是跟我一样，
舍不得那二亩地、一个娘们。"

小房内响起一阵泄愤的哄笑，
而得到的回答还是无言的轻蔑。
哎，人可以忍受最粗暴的申斥，
却怎能经得住这凌人的高傲。
几个犯人粗声地嘘嘘喘气，
发泄他们那难以遏止的气恼。

他们还是断续地发起战端，
以他们那卑俗的辛辣的语言，
可是他们却怎样也得不到回答，
仿佛大石头落在滑软的泥潭。
被攻击的人竟紧紧闭上眼睛，
风风雨雨都掀不开他的眼帘。

于是挑战的人也就感到乏味，
再没有兴趣跟他继续作对，
好像这是一个失常的病人，
人们嫌恶他却不想把他得罪。
然而谁的心里也没有放过他，
看这傲慢的人的命运怎样结尾……

二、夜行军中

第二天的湛凉的夜晚。
秋风把黄叶洒在肃穆的平原。
长串的黑影在小路上爬动，
沙沙的脚步声把大地震颤，
远远近近的犬吠声
传播着战争的扰攘和不安。

这是我们自己的队伍，
每一张脸都会使你觉得面熟。
现在你却看不见他们的神色，
因为人人都蒙了黑纱般的夜幕。
可是你若细心听听他们的动静，
那呼吸的韵味也并不生疏。

如果你站在这支队伍附近，
你还会提出一个不小的疑问：
在这长蛇般的行列的中部，
为什么一条粗绳拴着九个人？
而那个眉清目秀的女人似的汉子，
又为什么发着低哑的呻吟？

当然，没有一个人看得这么真切，

天上的三星宣告时间已过午夜。
连秋风都吹得有些疲倦了，
时而打着鼾声，时而停歇。
一些年轻的爱睡的战士，
已经奔走在飘忽的梦的世界。

但整个队伍仍然是一个巨人．
以每小时二十里的速度向前驰奔。
那勇往直前的雄壮的步伐，
形成了一股战斗的紧张的气氛；
那不休止的神速的长途跋涉，
预示着一场大战斗就要来临。

队伍在平原上越过了八十里，
钢铁的子弟兵还是毫无倦意。
突然，队伍中部有一个人倒下了，
粗绳拴着的八个人也被迫停止。
"哎哟哟，我肚子疼得厉害！"
在地下打滚的是那个矮小的奸细。

和婉的劝告、严厉的指责，
对于这卑鄙的人都没有用，
是谁对准他拉动了一下枪栓，
他立即爬起来，慌乱地向前移动。

这是一场虚假的可耻的瘟疫，
但在他的同伙中却开始流行。

那充满悲壮气息的行军路上，
八个匪徒越来越变得颓唐。
他们踽踽地艰难地迈着步子，
好像被判死刑的罪犯走向刑场。
啊，他们谁不懂得自己的地位？
新的战斗就意味着提前死亡。

只有你们熟知的王金教导员，
他好像并没有为这疫病所感染。
他还是以往日那矫健的姿态，
昂首阔步地一往直前。
他那低哑的痛苦的呻吟声，
在秋风的轰响中谁也听不见。

可是，他那淹没在泪水中的双眼，
一直饱含着难以排解的悲酸。
在上一次的长途行军里，
他是一个意态轩昂的教导员；
而这一次的战斗的行动中，
竟变为一个众人唾弃的罪犯。

不，他的问题还不仅是在这里，
夜风啊，听听他的无声的话语！
他心里说："一切都完了，
这个新的战役就等于把我处死。
假如在环境安定的时候，
组织上还可能调查得更周密！

"现在，战争形势这样紧急，
谁还能为我付出这么大的精力，
我已经成为部队的拖累了，
徒然地牵制住好几个看守的战士，
一个人既然不能为人民献身，
活着，还有什么庄严的意义！

"当然，共产党员不能自行处死，
自杀的党员是党的叛逆，
好吧，让我像迎接战斗任务一样，
迎接自己的生命的末日，
我纵然不能再贡献什么，
也不要抵销我们的战斗力！"

于是他不再用粗野的反抗，
求得已注定的命运的改变，
自己的痛苦向自己诉说，

自己的泪水往自己的肚内咽。
他还像平常那样行走着，
仿佛他还是这个集体中的一员。

而那八个罪犯却越来越可恶，
他们争相扮演着无耻的角色。
这个弯着腰、背包压在后脑，
那个跛着脚、一走一颠簸，
一会儿这个突地跌倒在地，
一会儿那个撒赖地往路旁一坐。

那个大胡子显得更加卑鄙，
他忽然用头把背包往地下一掷：
"这个背包我一步也不背啦，
死到临头干嘛卖这个力气！
反正我走到哪儿也活不成，
要枪毙就干脆把我枪毙！"

说完，他像一堆泥似地躺倒在地，
这行为气坏了押解他的战士。
他们催促、说服，以至低声咒骂，
他都当作耳旁风，置之不理，
又有谁使劲地扳动了枪栓，
他居然大笑一声说："谢谢你！"

僵持的局面延续了两三分钟，
突然，从队伍中闪出一个人影，
悄声地说了一句"怎么回事？"
所有的犯人都现出了惊恐，
谁不认识他就是锄奸科长，
他的审问曾是那样严谨而又无情。

锄奸科长用洪亮的低声说话了，
语调是庄重、平稳而又严厉：
"你要在这儿领受惩罚，
这很好，而且也十分容易，
可是，你知道不知道，老土匪？
你又有一项大罪——破坏军事纪律。

"哼，你已经是罪大恶极，
一辈子做了数不清的坏事，
看一看我们这些抗日的军民，
你脸上难道就不觉得羞耻？
起来，老老实实走你的路吧，
这是你最后的悔过的时机。"

这些话，大胡子好像并无反应，
却引起了王金的极大的震动，
他好像是被恶梦所纠缠的人，

忽然为一个巨大的声音唤醒，
他想：是呀，这是最后的时机，
我为什么不可以起些作用！

于是，他举步向大胡子面前移动，
奋激的心仿佛也在驰骋，
然后以最炽烈的情感，
附在对方耳边发出低声：
"来，把你的背包给我背上，
朋友，要死也得死个干净！"

说着，王金又走向锄奸科长，
请求把背包放在自己背上。
当战士奉命举起背包的时候，
大胡子忽然吃惊地抬头凝望：
"有意思，倒是新鲜事儿呢，
走吧，我今天赏你个光。"

他敏捷地从平地上跳起，
迈着大步顺路向前飞驰。
那八个犯人也被他牵动，
歪歪拐拐地跟着他跑去。
他们很快归还到原来的部位，
长蛇般的队伍还像先前那样整齐。

但是，王金的这一桩义举，
丝毫也没有引起大胡子的感激，
从他那趾高气扬的动作中，
分明流露出一种精神上的胜利，
降伏一个傲慢不驯的人，
在他，本就是生活的最大乐趣。

这种乐趣也并非他一人所独有，
其余的匪徒也一同得到享受。
他们不住地盯望着王金，
看他到底有多么大的由头，
如果他因负载过重而跌了跤，
那才最使他们解恨消愁。

而王金却偏偏不是如此，
他依然在奋进着，毫不费力
从他那豪迈的迅急的步伐中，
使人感到也好像取得了什么胜利。
啊，王金找到了一个献身的机会，
他怎能不感到格外地欣喜！

大概是王金这种怪异的神气，
使野性的粗眉毛受到了刺激，
他一跛一拐地走近王金说：

"老乡，你要是真有本事，
也帮助帮助我这个病号吧，
我挂过五次花，腿上留下残疾。"

那口气，分明带着挑战的意味，
敏锐的王金怎么能不理会！
可是他却以和蔼的声调回答说：
"没关系，我可以替你们背。"
他又温和地问另外几个犯人：
"怎么样？你们累不累？"

回答是一声声无力的叹息。
于是王金就求告押解他们的战士：
"把背包摘下几个给我背吧，
我有过锻炼，在码头上做过苦力。
要不然，他们真的都累垮啦，
对咱们的行动也有些不利。"

战士从上到下打量了一下王金，
这瘦个儿的豪语实在难以置信，
但再看那群奇形怪状的匪徒，
又不能不使他加倍地担心，
于是从他们身上摘下三个背包，
压放在王金那细瘦的腰身。

呵，王金，你难道真是那么愚傻？

那些匪徒们分明在把你戏耍，

不，你的眼睛并没有迷乱，

　而是用憎恨的目光把他们砍杀，

如果不是为了革命的利益，

这种侮辱又怎能容忍得下！

呵，王金，你难道是一匹骏马？

不，连首长的骏马都已疲乏。

越过的途程现在是一百三十里，

部队走过村落却总不进人家。

这时候，哪怕在蒺藜上躺一躺，

其舒适的程度也不亚于坐沙发。

然而王金既不感到受辱也不困倦，

他还是那么奋激地大步向前。

当行程达到一百七十里的时候，

天已黎明，犯人们进入新的房间。

太累了，连大胡子都一头倒在炕上，

却摇摇头说："这小子真不简单！"

三、怪诞的案情

好像常有的情形那样，

王金一夜间长高了三丈。
当罪犯们为阳光所唤醒，
第一眼就向王金身上凝望。
他们不再是向他发泄仇恨，
而是用眼神送出惊羡的亮光。

但是，这情景并没有使王金欢笑，
他的脸上也失去了凌人的高傲，
而那深陷下去的眼眶里，
还蕴藏着昨夜的深重的疲劳，
这个不平常的黎明和清晨，
他和别人一样没有睡好。

只要他睁开眼睛向周围扫一扫，
那光焰里还混杂着仇恨的火苗，
等他清醒地沉思了一阵，
脸上才浮现出一丝的微笑，
他的心境是怎样地纷乱啊，
仇恨和喜悦在胸中搅闹。

有时他张开口仿佛有话说，
但他的话又被他一口吞没，
而他那美丽的眼睛的光辉，

却像探照灯一样在闪烁，
那八个垂死的罪犯的心
也仿佛被他的温暖烘热。

可惜，这一点生命的星火，
并没有打开此地的阴暗生活。
星火很快就显得暗淡了，
统治的又是那压人的沉默。
过一会，连王金都闭上了眼睛，
不知是在睡觉呢，还是在思索……

"哼，这小子可真不简单！"
又是大胡子突地发出感叹。
他并不是有意想说这样的话，
而是思想的洪峰突破了堤岸。
当人们吃惊地看他，他又补充说：
"果然是好汉头上还有好汉！"

粗眉毛也附和着向王金发问：
"老乡，昨晚上你哪来的那股劲？"
尖下巴也好奇地搭了腔：
"是啊，那时候还那么有精神！
长了那么个文绉绉的样子，
力气头倒比我们还大七分。"

王金的嘴边意外地露出笑纹，
口中吐出了清爽而动听的声音：
"两年前，我受了地下党的委派，
就在天津海河上当了码头工人。
我很快就成了经得起沉重的马，
这瘦背上能驮二三百斤。"……

那质朴的态度一点也不像撒谎，
那有风趣的话引起了笑的波浪，
如同白杨树上落下一片树叶，
跌在死静死静的湖水面上。
八颗沉重的枯萎的心啊，
好像来了一股生活的潮流在激荡。

大胡子忽然又绷起脸摇摇头，
他说："力气再大也比不上牛，
说实在的，我佩服的不是这个，
我佩服他敢干、又不记私仇！
我们村的三财主可不是这样，
你瞪他一眼他就要杀你的头。

"喂，老乡，我们那样戏要你，
你为什么一点也不生气？

你替我背背包的时候，
我心想：这小子准是怕死！
后来大家都故意跟你为难，
就看出你是个有种的汉子。"

王金笑了，只是笑得很勉强，
在笑里还跃动着憎恶的波浪，
然而他确在极力地克制自己，
眉宇间发出了理智的光，
为了达到一个崇高的目的，
多么大的憎恶也得在心中隐藏。

他的表情现在显得格外温柔，
悄声地说："我并不爱当'大头'，
我是一个为党工作惯了的人，
没有工作做，比死还难受！
当我还能够有所贡献的时候，
一切痛苦都不会在我心中停留！"

然而这些话，罪犯们并不了解，
他们只觉得这意思很是深奥。
大胡子故作明白地又追问说：
"看起来，你的来路真不小，
那么，为什么落了这个下场，

叫我们这些半死人也知道知道。"

于是，王金就以激动的悄声，
叙述关于他那怪诞的案情。
这个案情总共七次才讲完，
因为，门外有个踱步的哨兵，
他有时要进来干涉一眼，
王金的叙述就得马上停一停。

"敌人攻陷天津两个月以后，
党内有个叛徒向敌人自首。
他卑鄙地出卖了我们几个同志，
敌人到处追踪，我已不能停留。
党组织给了我紧急的指示，
命令我立即从这里撤走。

"我化装成一个回乡的农妇，
头上包着毛巾，腕上挂着包袱，
黄昏时分，混过敌人的哨岗，
到了郊外，就迈开了男子的阔步。
突然，一队日本摩托兵开来，
我来不及躲藏，当场被逮捕。

"我被押送到日本宪兵司令部，

一阵毒打使我的肩背血肉模糊，
敌人的有根有据的拷问，
弄得我无法掩盖真正的面目，
只好以一个共产党员的身份，
把帝国主义者的罪恶控诉。

"而阴险的敌人并不把我处死，
要派遣我到八路军充当奸细，
他们宣布说已为我安排了便利条件，
并且诱惑我以极优厚的待遇。
这阴谋当然不会有什么结果，
我用最暴烈的态度予以抗拒。

"……在秋天的一个漆黑的夜晚，
我们几十个囚徒被押上一条汽船。
敌兵把我们身上的镣铐换成绳索，
秋风把船只推送到急流中间。
我们一个个地被投掷下去，
多少志士卷进了河水的波澜。

"当我们被捆好停留在甲板时，
我身后的人咬断我手上的绳子，
他悄悄告诉我：'你如能遇救，
就向党表达我们最后的致意。

我们的人一个也没有屈服，
与海河一同高歌斗争的胜利！'

"我的心被激动着，还不曾回答，
两个敌兵就把我从甲板上掷下，
而我这两年在河上学会了凫水，
只要有两只手，我什么都不怕，
我潜入水中逃出了灯光的封锁，
泅到岸边，连夜向根据地进发。

"第三天，我就来到了根据地，
向党组织陈诉了我的离奇的经历。
党的负责人曾以怀疑的目光，
追问我这一段几乎难以置信的历史。
而事实上只有那个死去的无名英雄，
才能证明我们的真实的遭遇。

"但是，党组织并没有轻下结论，
那时，初创的根据地处处需要人，
我被分配到部队去扩大新兵，
精壮的青年成群涌进了八路军。
我们的队伍很快就壮大起来，
党组织就委托我以重要的责任。

"我不久就被恢复了党的关系，
但保留了那一段查不清的历史；
又不久，分区又分配我到三团三营，
担任政治教导员的新职，
我们的任务是训练新兵，
所以我至今还没有战斗的经历。

"听吧，下面就讲到我的案情：
有一天，在一次早晨的行军中，
在我们遇到的一支兄弟部队里，
我忽然发现了一张熟识的面孔，
我和他相对地凝望了一阵，
可是我怎么也想不起他的姓名。

"过了几天，我忽然收到一封信，
信尾的署名是什么'王世臣'，
这个姓名对于我是如此生疏，
而信的内容也似乎是普通的问讯。
老实说，在整天的繁忙的事务里，
对这样一封来信，我哪里会认真！

"但是，很快就被锄奸科传讯，
问我是不是认识那个'王世臣'，
我只能够坦然地据实以告，

却怎样也找不到那封来信。
我的这个看来无足轻重的疏忽，
使我的问题形成了更大的疑阵。

"锄奸科长又严厉地把我追问，
是否受敌人的派遣打入八路军？
我当然给了断然否定的答复，
但敌人的企图我却只能承认。
锄奸科长打开了一册口供记录，
他的面色透露出极端的愤恨。

"他说：'时间是九月二十日
敌人审问王世臣以前先审问你！'
我点点头，时间完全准确无误，
而这个王世臣又是什么人呢？
啊，就是在监牢过道相遇的家伙，
他脸色惨白，眼光中闪着恐惧。

"于是我联想到那张熟识的面孔，
联想到那封来信的生疏的署名，
联想到他的可以肯定的背叛行为，
我的心真是又惶乱、又惊恐！
哎，一切都是这样明明白白，
这个卑劣的人一定把我诬供。

"锄奸科长愤怒地说：'可耻的叛徒，
你的抵赖已经不会有什么用处，
这个当了特务的王世臣说：
他看到你叛变了，他也跟着屈服，
而敌人在审问时亲口告诉他：
"学王金吧，那才有你的出路。"

"'前几天，王世臣在路上碰到了你，
他主动地要跟你接上关系，
当然，你们的阴谋并没有得逞，
而你们自己落在人民的手里，
快老老实实地坦白认罪吧，
将功赎罪的会得到宽大处理。'

"这些话像刀子般割着我的心，
老实说，我跟他一样感到气愤。
但是，(叛徒王世臣的招供，
也并没有诬陷我的成分，)
我于是以严肃的负责的态度，
陈述了这个事件的全部内因。

"锄奸科长听得十分仔细，
锐利的目光在我身上凝聚，
他的脸色时而显得很阴沉，

时而表现出困惑和惊异，
当我结束我的陈述的时候，
他直直望着我进入沉思。

"最后他说：'你等些时候吧！
我们还要进行周密的调查，
你的陈述还不能改变结论，
要想抵赖将受到更严厉的刑罚。'
哎，敌人的扫荡来得这么快，
哪有时间用于对我的考察？……"

这离奇的案情还没有讲完，
远处的炮声就把窗纸震颤，
这一场大战争的第一声信号，
立刻把罪犯们的血色吸干，
刚才王金所掀起的生活的微波，
又重新为一片愁云遮掩。

但当这一阵炮声隐隐消散，
小屋内又泛起一阵慨叹，
几个罪犯都沉重地低下头，
仿佛也为这不幸感到辛酸。
呵，你们这些不义的恶徒，
难道也还有一点人的心肝？

四、生与死

虽不能说他们没有一点心肝，
可惜这小小的亮光只是一闪，
就像鬼火一样在大地上消蚀，
罪恶的阴影又临到这个房间。
沉重的叹息、疯狂的沉默，
重新把这奇异的国土侵占。

远处的炮声好像跟这里宣战，
像是故意威吓这一群罪犯，
它像疟疾似地忽起忽落，
这儿的人也时而发热时而发寒，
在这危机四伏的小天地里，
谁也没有心思再把话谈。

沉默好像一块严密的尸布，
只能盖住死人却盖不住生物，
在那挂满灰尘和高粱叶的房顶下，
有好几只辛勤织网的蜘蛛
那用细土刷过的平滑的墙上，
伏着一只跃跃欲动的壁虎。

而这时节呵，战争的风云

已经在这块平原上翻滚，
日本强盗的罪恶的刀锋，
正指向这个根据地的腹心，
勇敢的子弟兵早就准备好，
——要捕捉战机消灭敌军。

混浊的黄河冲刷过的平原上，
也像黄河腾起滔天的巨浪，
连三尺的儿童都拿起鸡毛信，
从这个村庄飞跑到那个村庄
白发苍苍的老人都用颤抖的手，
举起红缨枪，坚守着哨岗。

这一切，王金当然看不着，
他现在置身于另一种生活。
但这里也有另一种战争，
在他的灵魂中打得正火热，
看哪，他已经把头抬起来了，
望着窗子仿佛有话要说。

面对着这群旧世界的渣滓，
他实在按捺不住心中的敌意，
他随时都想把他们痛骂一通，
如同热天望着快人的急雨，

可是，他没有权利这样做，
他的一举一动都必须切合时宜。

他先咳嗽一声把沉默打破，
美丽的脸上又闪出一丝欢乐。
他说："如果这次死不了，
该有许多事情需要我做，
老乡们，咱们好好谈谈吧，
如果能活，你们做些什么？"

呵，这是多么可笑的假设，
跟他们的处境又多么不调和！
他的激动的话刚刚落音，
立刻遭到粗眉毛的反驳：
"你还想从这里逃出去吗？
哼，就是扎上翅膀也飞不脱。".

大胡子也接着感慨地说：
"哪座高墙铁门也挡不住我，
我拉杆二十多年，越狱六次，
只有八路军的门坎最难过！
就算你逃出这间小破屋吧，
外边的民兵比蚊子可还多。"

这是几颗不软不硬的钉子，
给了王金以不轻不重的打击。
王金自然不会为他们所屈服，
他说："我们怎能逃避人民的法律，
可我总觉得人还是活着的好，
只要我们活得有用和有意义。"

这几句话引起了轻微的讽讪，
好几个人都摇着头不以为然，
而大胡子却意味深长地说道：
"看起来，人好比一缕烟，
分什么香的、辣的、白的、黑的，
反正早晚得变成汽儿飞上天。"

七个罪犯都叹息着点头称是，
王金仿佛又在人群中陷于孤立。
然而这绝不是什么很坏的征候，
王金反而从中得到了鼓励。
你看，一个无法无天的匪徒，
居然也在思考什么是香的、辣的……

于是，王金板起严肃的面孔：
"你错了，香的和辣的决不相同，
只有香的，也就是为人民服务的，

才是真正的美好的人生。
当然，就是好人最后也会死，
可是临死他还会感到欣幸。"

王金原以为这话会使对方生气，
但大胡子容忍了这个温和的驳斥，
他呆呆地无表情地望着王金，
像是在咀嚼着这些话的含义，
而粗眉毛也仿佛受了他的感染，
默默地看看王金，又看看大胡子……

这时，村街上忽然响起脚步声，
八个罪犯都恐怖地抬头谛听，
直到这阵脚步渐渐远去，
他们才松口气，暗自庆幸。
但每一次这种突来的袭击，
总叫这间小屋久久不能平静。

粗眉毛的神色显得格外慌乱，
他又说话了，嘴唇都有些抖战：
"我看，咱们考究考究死吧，
临死说什么话才算得上好汉？
还有：枪毙、刀砍、活埋，
到底哪一种死法教比舒坦？"

这话好像又引起大胡子的兴趣，
他笑笑，正要显显他的机智，
王金却突然大为恼怒了，
严厉地瞪起眼睛把他制止：
"无聊，无聊，我真不明白，
一个人为什[么]这样污辱自己！"

粗眉毛一听就翻起白眼，
怒气涨红了长满横肉的脸：
"滚你妈的，你算什么东西，
老子的事谁也别想管！
你到周围一百里以内打听打听吧
我这一辈子就凭的是无法无天！"

王金的神态也表示不肯让步，
大胡子却突然出来把他们止住。
他说："别吵，哥们兄弟
咱们这屋子的人谁也不含糊！"
他又看看粗眉毛："老弟，听人家的吧，
死这个玩艺儿实在不大舒服！"

粗眉[毛]眨眨眼睛不再来理论，
而王金的脸上却布满了激愤，
他已不再有和蔼的表情了，

他的话变为声色俱厉的教训：

"你们这帮土匪、汉奸、逃兵，

这一辈子真是枉生为人！

"比如，你们当土匪还自以为好汉，

其实，好汉从来都为人民救苦救难，

现在日本鬼子打进了中国，

你们为什么还在一边旁观，

不，你们胆怯地躲在根据地里，

只会给老百姓和八路军捣乱。"……

粗眉毛气愤地又来分辩：

"老子高兴怎么干就怎么干！……"

他横眉怒目地正要说下去，

又是大胡子瞪起眼睛把他打断。

大胡子在这里显然是有分量的人物，

他的举动有一种无形的威权。

尖下巴看了看风色诡谲地说道：

"我这个人生来胆子就小，

树叶掉下来我都怕砸着，

这一回，是他们三人先要逃跑，

后来，哨兵盘问我们的时候，

也是他们先动的刺刀。"

这几句话又引起三个逃兵的异议：
"滑头，最早联络我们的正是你。"
"现在你又假装好人啦！"
"哨兵一问，也是你叫别人上去！"
"你的罪一点也不比我们轻，
我们挨刀砍，你也得挨枪毙！"

王金又严正地把他们的争吵停止：
"算啦，你们过去的罪恶我不想重提，
只想让你们结束这一生的时候，
真正了解做一个人的意义，
我记得孔夫子说过一句话：
'朝闻道，夕死可矣！'

"万一你们当中还有人活着，
那就该用行动赎回你们的罪恶，
反正你们前半生已经死去，
后半生如果不死就该另过，
现在无论怎样是最后的机会
你们还不仔细地琢磨琢磨！"

此刻，没有人敢把他的话打断
王金现在仿佛有了无上的威严，
当他痛痛快快说完这番话，

连粗眉毛都懦怯地闭上双眼，

小屋沉没在平和的寂静中，

九个人的呼吸彼此都能听见……

呵，读者，请原谅我的笨拙，

我刻划不出他们在想些什么，

我只知道，死亡是这里的主宰，

他们谁的心也难逃它的网罗，

然而，即使在死亡的威权的统治中，

恐怕谁也忘不了这大地上的生活。

也不是我悯怜这一帮贼匪，

谁也不能饶恕他们的滔天大罪，

但我相信，如果有一支钥匙，

打开他们的心灵的门扉，

他们在生活的真理面前，

也未尝不可能有一点愧悔。

当然，我笔下这些奇特的人物，

每一个都背着罪恶的重负，

他们那顽强而积久的积 [恶] 习，

随时又可以把 [他] 们引向歧途，

他们那血污的阴暗的历史，

会掩盖住一切光辉的道路。

但是，我们也曾经见 [过] 这样的景象：

阴郁的天空有时忽然透了亮，

在一个很短很短的瞬间，

一条干瘪的小河一下高涨，

在那潮湿的霉烂的败草中，

突地出现一支美丽的荧光。

听吧，大胡子说话好像发呓语：

"人哪，为什么一辈子只死一次，

砸过明火、拉过杆、杀过人，

要说死一万个死也算值！"

然后他又以怜惜的声调对王金说：

"我就觉得你死得太冤屈！"

粗眉毛一听就把眼睛瞪大，

不以为然地却又胆怯地把话插：

"这两天，你也真变了，

什么冤屈不冤屈全是废话！

人反正活着就要吃喝玩乐，

脑袋掉了，碗大的疤拉！"

王金这一次却变得很谦和，

微笑着，用柔婉的悄声把话说：

"说真的，我是有些冤屈，

你们知道，我是多么应当活，

好在，就在临死的前一秒钟，

我也相信我以后还会活着。

"而我的心灵永远也不会死，

我的眼睛永远注视着这活跃的大地，

虽然，这以后的斗争的欢笑、

同志之间的爱、理解和友谊，

我永远永远也不能亲眼看见，

但这一切还是属于我自己的。

"我活着的一生值得我死后欢愉，

因为我没辜负作为战士的声誉，

当我刚刚长大成人的时候，

我就接受了党的伟大的真理，

当我投入斗争直到被敌人逮捕，

我既没有屈服，也没有丧失革命意志。

"说冤屈，你们比我更冤屈，

你们并不是生下来就干恶事，

是罪恶的社会把你们惯坏，

你们又在社会上留下罪恶的足迹，

如果你们跟罪恶的社会一同死亡，

最后也该懂得：它才是你们的仇敌！"……

王金的一连串的话刚刚说过，
儿童团员们就送来最动人的歌，
院子里的鸡像老掉牙的妇人，
不停地叫着，走进了鸡窝，
这时，窗上只留下最后一缕青光，
沉沉的夜幕渐渐地降落。

随后，村里的农家关上窗户，
这小屋的人们纷纷闭了双目。
星星在无限的高空开始飞翔，
灯光从黑色的树影中跳出。
这里的九个精壮的大汉呵，
寂静无声，仿佛已经睡熟……

五、深夜的审判

这一夜，他们都睡得很少呵！
有气无力的呻吟，轻声的干咳，
半睡眠中的呓语，急促的呼吸，
像音乐般配合着戏剧性的思索，
秋夜的小风吹得窗户微微响动，
好像在为他们唱一首凄惋的歌。

在这个持续的寂静的深夜中，

各个人相继进入自己的梦境，

一股生命的欢欣的小河，

在各自的梦里发出潺潺的响声，

仿佛有一只神秘的温柔的手，

抚慰着他们那残破的心胸。

王金的动人的话已经消蚀，

他们谁也不能重复其中的一句，

这一群玩世不恭的杀人凶犯，

在多年的磨炼中学会一种本事：

在前一秒钟可以发下誓言，

后一秒钟又可以彻底地忘记。

但是，我总相信真理的巨大力量，

它能给一切黑暗的角落以亮光，

这里，哪个垂死的人向世界告别，

不用闪烁的眼睛表白自己的希望？

这大地上的欢乐和哀愁，

又怎能在这些人的记忆中消亡？

这也许是匪徒们一生中最香甜的夜，

他们真正地尝到了人间的喜悦，

尽管他们被恐怖和哀伤所烦扰，

或者昏沉沉地失去了知觉，

但当罪恶的念头隐伏起来，
他们的心就忽然变得平静和清洁。

呵，这时节，这仿佛很美好的时节，
一阵脚步声踏破这个平静的世界。
几个黑影闯进了这间小屋，
锋利的手电灯光划开了黑夜。
罪犯们勃然从炕上坐起，
受惊的影子在土墙上摇曳。

"走，走，到军法处去受审！"
这是一个战士的粗壮的声音。
犯人们浑身抖战着挪下了地，
一个紧跟着一个出了屋门。
押解的战士围成了半圆形
一簇黑影在宽阔的村街上行进。

这到底是一种怎样的事态，
犯人们用不着问谁也明白，
长长的白昼为什么不审问，
不速之客黑更半夜闯进来？
今夜呵，九个活人鱼贯走出，
明晨，九具尸体狼藉在荒郊外。

不知道是由于神志的迷乱，
还是过度的恐惧吓破了胆，
九个人都是毫不迟疑地走着，
顺从地去迎接命运的差遣，
今天，没有一个人再耍无赖，
也没有一个人发出最轻的咏叹。

当他们转个弯到了村中心，
人影幢幢，晃动着恐怖的气氛。
一个人轻声地吐出几个字，
小奸细就被推拥着走进一座门。
这时，雄鸡忽然发出第一声啼叫，
却唤不来阳光四射的早晨。

锄奸科长稳重地坐在炕上，
他面前的小桌上闪出灯光。
他的眼神是振奋而又锐利，
却毫无表情地向门口凝望，
当奸细来到他的面前，
他的脸上好像露出些许的紧张。

他仔细地打量了奸细的面孔，
又问了一遍对方的籍贯和姓名，
当这个小人物慌乱地回了话，

仇恨和愤怒就浮现在他的眼中。
他问："你还有什么话要说吗？"
奸细就颓然跪下泣不成声。

第二个进来的是大胡子，
他此刻显得格外垂头丧气。
当他驯服地站在炕沿边，
连锄奸科长都感到万分惊奇。
这个杀人不眨眼的彪形大汉，
为什么忽然变得这样老实？

无论锄奸科长问他什么话，
他总是迟迟地不作回答。
锄奸科长说："听说在行军中，
你老先生的派头倒挺大。"……
他羞耻地抬起头要说什么，
又突然叹息一声把头低下。

第四个闯进门来的是粗眉毛，
他迈过门槛就无拘束地哗笑：
"怎么？这回真让我们走啦？
阎王爷等得好几天睡不着觉。"
当锄奸科长厉声喝住他的话，
他镇定地轻声地把"长官"呼叫：

"长官，我不再跟你胡搅蛮缠，
我这条小命死得一点也不冤。
这辈子当土匪罪大恶极，
下辈子一定当救苦救难的好汉，
今天枪崩、刀砍都由你们吧，
咱们二十年后在这条路上再见！"

这些话真叫锄奸科长难以捉摸，
土匪们的性格个个都很奇特，
但他们为什么变化得这样快？
有经验的科长也感到困惑。
他做了个手势叫把犯人带下，
粗眉毛鞠个躬，神情是那样洒脱。

下面的四个逃兵一齐带进来，
他们的情绪都显得异常颓败，
三个逃兵恐慌地低头不语，
只有尖下巴又要了一次无赖：
"谁叫我跟着他们瞎撞胡为呢！
我太糊涂啦，就是枪毙也应该。"

不等另外的逃兵出来辩正，
锄奸科长立刻发出叱责声：
"什么'跟着他们瞎撞胡为'！

看你说得多么干脆多么轻松！
你们的犯罪行为已经十分清楚。
你跟他们是同谋，决不是胁从！"

尖下巴狼狈地跟他同伙走出去，
锄奸科长有一种如释重负的情绪，
八个凶犯这样轻易地低头认罪，
事情真是意想不到的顺利。
当他略略忆起他们的卑污行径，
心中也隐隐地感到惊奇。

但时间不允许他去细细推敲，
王金的影子已在他心中缠扰：
这是一桩重大而复杂的案子，
来不得半点疏失和稍许急躁。
他卷了一支烟在灯上燃着，
深深吸了一口，故意刺激一下头脑。

当王金从容地走到他的面前，
他凝望了半晌相对默默无言。
他们的眼神像电火撞击起来，
他才说："想通了吧，还要强辩？"
王金回答道："我完全想通了，
我接受党和军队的任何宣判。"

"噢，那就是说你已经投案，
你承认是日本所派遣的侦探！"
"是的，因为我也不能否认
这个可恨又可怕的头衔！
当然，诬陷我的不是党，
而是万恶的敌人和内奸。"

科长锐敏地用手指一指：
"你这话到底是什么意思？"
王金说："我这是心里的话，
而且还有一点最后的希冀：
将来消灭天津宪兵司令部，
问问日本俘虏王金是不是奸细！"

锄奸科长坚决地反驳了他：
"胡说，你到现在还这样狡猾！
上一次，你的故事编得多漂亮，
简直是一篇很巧妙的童话，
可是，你骗不了八路军，
我们又进行了再一次的调查。

"第一，敌人逮捕第一批政治犯后，
就派出几倍的兵力在四周防守；

第二，被捕的地下工作人员，
除叛徒外一个生还的也没有；
第三，海河确实发现了很多浮尸，
但都捆绑了手脚根本无法逃走。

"当然也可能有偶然的事件，
但偶然事件也有逻辑上的必然，
你编织出来的那段童话，
比小说中所写的还要荒诞。
而王世臣供出的许多事实，
连你也举不出理由把它推翻。

"老实说，在处理你这一案子时，
我也极力为你寻找反面的证据，
我们当然要防止坏人漏网，
但也要避免好人受到冤屈，
我们多次地讨论了你的申诉，
可以肯定你的理由不能成立。"

锄奸科长越说越愤激，
他的眼睛已因憎恨而布满红丝；
"无耻的叛徒，你一定要说出
你们在这里到底干了些什么恶事？
送了几次情报？搞了什么破坏活动？

你真正坦白了，还可以得到宽大处理。"

对于这种可怕的严重的指控，
王金的每条神经都感到疼痛，
他嘴唇颤抖着、嗫嚅地说：
"我……的话说完了，再也没有补充，
可是，我…只最后地保留一点：
我没有丧失共产党员的忠诚！"

锄奸科长厌恶地睁大眼睛，
最大和最后的决心已经下定：
"看来，你是要抗拒到底了，
多么狡猾的死心塌地的反革命！"
他作了个手势叫把王金带下，
然后泄愤似地吹灭了那盏油灯。

六、难下的结论

锄奸科长急忙地到了政治部。
呵，那里的生活像水锅鼎沸！
政治工作人员正在举行会议，
八仙桌上放着一张平原略图，
地方党的工作者和带枪的战士，
在屋门口敏捷地进进出出。

庄重、振奋，时而夹杂着大笑，
一盏麻油灯的火苗在桌上跳跃。
这里分明在讨论着困难的形势，
你却看不出有任何惊惶、烦恼，
这里分明在准备着一场大战斗，
却是那样从容不迫、毫不焦躁。

但是，那张地图上的蓝色的线，
最确切地说明了严重的局面，
敌人的强大而密集的兵力，
形成了一个厚厚的包围圈，
这里不 [过] 是方圆百余里的孤岛，
与友邻地区的联系已被切断。

地图上那一支支红色的箭头，
标示出敌人的狠毒的预谋，
一眼看去好像是乱箭齐发，
而联结点中还有机动兵力驻守，
也有几处是兵力疏稀的地方，
但那分明是敌人把我们引诱。

这是平原根据地建立以来，
敌军发动的一次空前的扫荡，
在座的每一个领导人员，

都感受到这次斗争的分量，
严重的灾难、血和火的泛滥
在他们的心中并非不曾设想。

然而，这里绝对没有一个人
用叹息来发泄他们的担心，
他们总是用了一种傲慢的神情，
对待那涌上前来的优势的敌军，
而又以一种无微不至的精细，
尽量把每件事安排得有条不紊。

会议在部署战斗中的政治工作，
讨论部队、民兵和群众怎样配合。
伤病员和非战斗人员怎样隐蔽，
又怎样动员群众扑灭汉奸敌特，
讨论是明快的，又是慎重的，
每一项都迅速地有了具体的结果。

锄奸科长走进屋来坐了半晌，
人们的注意力才转移到他身上。
政治部主任带笑地看了他一眼：
"该轮到你啦，审问得怎么样？
这八个情节重大的罪犯，
必须立即处置，不必等到天亮！"

锄奸科长汇报了审判的情形，
简要地分析了罪犯们的案情。
对于八个罪恶昭彰的匪徒，
会议立即作出了最后的决定，
只有关于犯人王金的处理，
发生了一场小小的论争。

有人认为：王金虽有反革命嫌疑，
但现在还不宜于作最后的处置，
奸细王世臣所供的种种情节，
也还需要进一步加以证实，
王金所申诉的脱险经过，
百分之一的可能性也是有的。

这个意见遭到两个与会者的反驳，
他们认为：这个问题显然不能拖，
根据各种情况和王金的证实，
王世臣的所供并没有虚讹，
王金自己申诉的种种理由，
都是毫无根据的，不攻自破。

另一位与会者以极端的憎恨，
诅咒了这两个恶贯满盈的罪人：
王世臣送出的三次军事情报，

鼓励了并且帮助了凶恶的敌军，
而王金已经跟他有着联系，
不管本人肯不肯坦白承认。

主任也说："是呵，这个问题
为什么在这个时机最后暴露？"
他显然深知这个案子的严重性，
但那刚毅的脸上现出了踌躇，
他又问锄奸科长："你是否认为：
王金的罪证已经十分充足？"

锄奸科长断然地说，"嗯，是的，
我对这一点已不再怀疑。
当然，这个案子太复杂了，
我的思想也曾有过几次的犹豫。
我曾想过：这个人如不是敌人，
就是我们的最好的革命同志！

"可是，我们处理一切问题，
只能凭着各种确切的证据，
我们现在所能搜集到的材料，
简直没有一条对王金有利，
当然，我也应当公平地说：
他的某些方面确也不像奸细。

"你看，我曾两次跑到友邻部队，
在那里详细地审问了王世臣，
他一再地举出各种事实，
咬定王金是打入我军的敌人，
而王世臣供出的许多情由，
连王金自己也并不否认。

"当然，王世臣是 [从] 敌人口中
听说王金叛变投敌的情形，
至于王金在这以后的下落，
王世臣供称：他并不知情，
而在他们打入了我军以后，
也只是偶然地在行军路上相逢。

"但是第一，王金所说的海河脱险过程，
像神话般不可信，也无人作证；
第二，王金收到了王世臣的信，
他却隐藏起来，不向组织申明；
第三，王金说他不认识王世臣，
他们相遇时却互相看了一分钟。

"我们再看一看反面的事实，
也不能证明王金没有问题，
一年来他虽也做了些事情，

但也没有过什么严重的经历，

他既没有受到战斗的考验，

也没有经过尖锐的斗争的洗礼。

"在这一次的行军中间，

他确有过一些很好的表现，

但他已是身犯重罪的囚徒，

谁敢说不是为了做给我们看，

而且这一时的偶然的行为，

也没有理由把犯罪的证据推翻。

"我说他某些方面不像奸细，

只不过是从我的感觉出发的。

因为我还没有看过卑鄙的叛徒，

像他这样的顽强而无所畏惧，

当然，这种感觉也并不可靠，

叛徒从来像妖狐一样善于打扮自己。

"根据上述的各种理由和事例，

我断定他是一个反革命分子，

但是，按照我们工作的常规，

应当把这样的案子上交军区，

那里环境安定，掌握材料多，

可以有更多时间和可能加以核实……"

政治部主任立即插言说：
"不可能，敌人已把道路封锁！"
"是呵，我又想过一个办法——
我们可不可以搞个秘密看守所，
先把他押起来，等反扫荡过后，
再用充分的时间把他重新发落。"

主任又摇摇头说："更不可能！
敌人这次扫荡跟每次不同
它使用的是所谓三光政策，
要将每个经过之处烧杀一空，
而这样重要的犯人如果逃走，
我们的损失将是难以估量地惨重。"

是呵，根据同样的理由
也不能老在部队中拘留，
在这样紧张和残酷的战斗中，
他很容易被虏去或者逃走。
决定吧，对这样的凶恶的敌人，
还有什么顾虑下不得手！"

锄奸科长说出了这一番话，
政治部主任半晌一言不发。
不是这个老战士缺乏果断，

而是这个结论实在难下，
他从怀中掏出那只带锈的表，
眉头一皱，"呵，天快亮啦！"

这时，通讯员在门口喊声"报告"，
进门来呈上一只油印的纸条，
政治部主任定睛看了看说：
"司令部命令把一切准备好，
反扫荡的大战斗就要开始了，
也许就在今天的这个拂晓。"

然后他给锄奸科长以指示：
"执行吧，时间已不允许犹豫，
我们还有很多艰巨的工作呢，
这是一个多么严重的时机！"
说着，又有什么人闯进来，
人们进入了一个新的话题……

七、在刑场上

锄奸科长请示过政治部以后，
他又跑步回到他的住所门口，
战士和犯人正在等待着他，
他跑到时就高高扬了扬手，

于是一群黑影立即向前移动，
清爽的夜风在他们耳旁叫吼。

犯人们走在这堆黑影的中心，
他们顺从地机械地大步行进，
仿佛他们不是在走向刑场，
而是起早赶路回家的旅人。
是他们不知道自己的遭遇吗？
不，这里有着十分微妙的原因。

读者呵，这原因用不着我细说，
你们的智慧可比我多得多。
总之，他们已经真正屈服，
既不想反抗，也不想逃脱。
他们在黑暗中闪着恐怖的眼光，
告别了这个生疏又眷恋的村落。

旷野有一种更庄严的表情，
周围的树林在天边画成山影，
但这是一望无际的平原呀，
连村落都好像与大地拉平，
地里的谷堆和路旁的石头，
都好像被灌注了生命。

呵，中国的金色的平原，
我一看见你就想到你的明天。
让拖拉机在这里放肆地驰骋吧，
让瓜果的香气填满这个空间。
我并非厌倦神圣的战争，
而是不喜欢这炮火的尘烟。

而今，炮火的尘烟正在这里流散，
夜间的白雾都刺激呼吸器官。
只有那活动着的行人的影子，
才能使你感到亲近和平安。
看吧，从村里出来的这一群人，
已经沿着小路走近树林的旁边。

离树林不远突起一块方形影子，
走近一看，原来是一处废墟。
废墟中有一堆黑色的灰烬，
表示看庄稼的人刚从这里撤离。
在废墟和半里长的树林之间，
有一片长满野草的空地。

这块空地就是今夜的刑场，
战士们押着犯人们排列成行。
锄奸科长沙哑地说了一句话，

星星照耀下忽地闪出了刀光。
一个粗壮的战士把大刀一举，
那个小奸细立即失声地哭嚷：

"老爷，留下我这条狗命吧！
我家里还有一个八十岁的老妈，
只要你们开开恩，抬抬手，
来世我就是做牛做马也要报答。"
押解他的战士捶击一下他的脊背，
厉声喝道："不准说话！"

那边，粗眉毛突然跪倒在地，
用天灵盖在草地上使劲撞击，
他向南面磕了三个响头，
又转过来向北面磕头盟誓……
只是他的颤抖的声音太小了，
誓言是什么，怎么也听不清晰。

有五个犯人过早地跪下
骨肉已经瘫软，有如一堆泥巴。
大胡子却雄赳赳地站立着，
他自言自语说："死倒不怕，
我早就把这颗脑袋豁出去啦，
我恨有钱人，只是把路走差……"

呵，读者，你们一定关怀着教导员，
想知道他有什么奇异的表现。
他呀，静静地低垂着头，
好像一尊雕像似地默默无言，
既不颤栗，也不显得悲伤，
直直地站着，仿佛很安详。

一个战士忽然走到他的面前，
用手指头弹了一下他的脸：
"这个反革命第二回执行！
你就是那个汉奸'教导员'，
你在咱们队伍里爬得多高，
想到没有想到你也有今天！"

这是咬牙切齿的诅咒，
这是仇恨和愤怒的奔流！
呵，一个正直的革命战士，
对反革命怎能没有大恨深仇！
这时，王金却被触动了，
他勃然地高高地抬起了头。

"同志，你不要再把我侮辱，
世界上还有谁比我更痛苦，

也许是我思想上还有弱点，
你这种指责我真有些受不住。
当然，我知道你是对的
你仇恨的是革命的叛徒。"……

话未说完，就听见一声哀叫，
随后是一个人影猝然跌倒。
哦，这是那个卑鄙的小奸细，
他领受了他应得的答报。
而下一个呢，就是他，王金，
要忍住那照样的残酷的一刀。

王金自动地迈步走上前去，
沙哑的低声打破了夜的沉寂：
"老乡们，我很想知道知道，
你们是否接受了党的真理？
请跟我喊两句口号吧，
最后地表白一下咱们的心意！

"中国共产党万岁！
打倒日本帝国主义！"
这声音开始是轻柔而低沉的，
然后徐缓地在夜空中升起，
高空中那些疲倦的星星，

都闪了闪，仿佛被这声音所激励。

这声音又徐缓地向四外延伸，
震醒了那七个迷乱的灵魂，
好像是一服清凉的药剂，
舒展了他们那些局促的心，
他们先得集中那散乱的意志，
然后才判断出了喊口号的人。

于是，参差不齐的口号声，
就真的从这片平地上飞升。
先是那个大胡子和其他土匪，
随后是那四个跪倒在地的逃兵，
他们把两句口号重来复去，
此起彼落地喊了一两分钟。

这暗哑的声音震动着夜空，
沉睡的大地仿佛也被唤醒，
对面树林里有几只小鸟，
也悲伤地呼叫着展翅飞腾，
村子里响起又一阵鸡叫，
好像有意地跟这里呼应。

锄奸科长赶紧下令把他们制止，

因为这里面临着战斗的形势，
然而这批古怪的罪犯，
实在不能不使他感到惊奇：
他从来没有见过卑微的匪徒，
能像共产党员那样从容就义。

这意外的事件使他心中迟疑，
他不能不严肃地估量它的意义。
他想，这一定是一种假象，
罪犯们企图挽救他们的死，
可是不对，那声音和姿态
分明表现了一种感情上的真挚。

呵，他的疑问还没有得到解答，
大胡子突地在他面前跪下，
以一种祈求的声调央告道：
"快把我们七个土匪逃兵杀了吧，
可千万不能杀死这个教导员，
他是个好人，你们再查一查！"

紧跟着那六个匪徒也纷纷跪倒，
由大胡子带头恳切地央告：
"我们这些人都是罪大恶极，
已经没有脸面向你们求饶，

我们都佩服你们这个同志，
天下没有一个人比他再好。"

哦，事情又变得加倍地出奇，
锄奸科长惊骇地向王金走去。
忽然，他不知不觉地说了一句话：
"你们搞的什么阴谋诡计？"
大胡子刚强地说："说不上呵，
我们的命都掌握在你的手里。"

这时，尖下巴也抢着插上一句：
"你抬抬手把我们也宽大处理！"
大胡子厌恶地唾了一口说：
"呸，怕死鬼，不要误事！"
这使锄奸科长发生怀疑了：
"噢，你们原来都是一伙的！"

大胡子又急切地温和地说：
"嘻，我们怎么配是他的一伙！
他只能是你们的好弟兄，
我们只想让他跟你们一起活。
好啦，我们的话反正说到啦，
开刀吧，我该是第二个！"

锄奸科长简直感到喘不过气。
夜空仿佛撒下了无限的压力。
他艰难地痛苦地思考着，
怎样也理不清这事件的头绪，
而"留下他""留下他"的声音，
又针一样向他的心头猛刺。

他于是在这片平地上开始踱步，
他的两手颤抖、呼吸急促，
但他总算经过多年战斗的风霜，
感情的急流还能控制得住，
以后，也再没有谁来扰乱他，
只有微风往他的身上轻轻吹拂。

空场上保持着最好的秩序，
甚至没有一个人呻吟和叹息，
虽然，这里不会有平静的心，
每一颗心都为一个人而焦急，
这里不会有一只失灵的耳朵，
每只耳朵都期待着一个人的声息。

时间一秒钟一秒钟地过去，
他的脚步还是如此缓慢而又迟疑。
锄奸科长，难道你还会忘了，

这里有一个人等待着决定生死，
两分钟、三分钟、四分钟——
你的脚步为什么还不停止？

空场上依然是寂静无声，
甚至没有一个人动一动，
这里不会有一只盲了的眼睛，
每只眼睛都炯炯有光地圆睁，
这里不会有一颗麻木的头脑，
每颗头脑都为一个人而沸腾。

"把他们统通带回去！
我们重新向政治部请示。"
锄奸科长突然说话了，
黑夜好像迎声向四外逃逸，
空地上的每一个人、每根草，
都轻松地吐了一口气。

战士们用悄声的赞颂，
欢迎这个明智而大胆的决定。
那批等待死亡的犯人们，
也流露出最大的欢乐的感情，
他们理解到他们的行为，
怎样照亮了他们罪恶的一生。

但突然有一声枪响把夜空划破，
随后是几架机关枪向这里发射。
从远处接连飞来的炮弹，
又从他们的头顶呼啸而过。
呵，一场拂晓的战斗开始了，
我的故事又发生了新的波折……

八、树林中的战斗

这是一次经过周密部署的奇袭，
骑兵和机械化部队发挥了威力。
诡谲的敌人已经改变了战术，
它不再老远地以大炮轰击。
当这一阵炮火发射的同时，
先头部队已逼近了我军驻地。

这时，在那寂静的刑场上，
几十只眼睛都吃力地探望，
拂晓的薄雾已经在空中流动，
这层白纱反而加重了大地的苍茫。
锄奸科长果决地下了判断，
命令大家撤退到原来的村庄。

当他们刚刚接近到那座废墟，

就发现一列骑兵正向村庄进逼，
他们在一声号令下立即卧倒，
敌方的追击炮却就向这里轰击，
第一炮打到他们的左面，
第二炮打到他们的右翼。

第三炮正打到这支队伍的前端，
在锄奸科长的周围冒起了浓烟。
呵，几个战士当时被炸死，
锄奸科长也躺在那里不能动弹，
而这时好多个人都爬起来，
慌张地回过头向后跑散……

这真是临到了最危急的局面，
眼看就发生一场可怕的混乱。
即使是一支有组织的队伍，
也不能在战争中没有指挥员，
何况这里面有八个犯人，
看，那个尖下巴已经跑远！

这时，一支沙哑的喊声忽然爆响：
"同志们，快救护锄奸科长！"
于是一个战士就迎声向他爬去。
"同志们，不要跑，不要慌张！"

于是真有一群人重新伏下了，
而另一些人却继续跑向树林的方向。

溃退已成为不可遏止的潮流，
而尖下巴恰好是造成溃退的祸首，
"枪毙他！"又是那个声音响了，
于是一只红色子弹从这里飞走，
尖下巴歪歪斜斜跌倒下去，
追随他的人也只好回转了头。

此刻，敌人的机关枪又扫过来，
密密的子弹在他们头上唏嘘。
"打呀，打呀！"又是那声音响了，
成排的步枪开始向敌人回击，
在对面百多米的疯狂吼声中
有几个黑色的影子应声倒地。

由于这有组织的火力的威胁，
敌人的进攻有了短时间的停歇。
"向树林转移！"又是那个声音响了，
小队伍开始了有秩序的退却。
两个战士抬着受伤的锄奸科长，
飞快地走在小队伍的最前列。

直到这时人们才算开始发现，
指挥战斗的原来是犯罪的教导员，
他的两只手还被捆绑着，
他的身子却轻捷得有如利箭。
战士多少有些疑惑地望着他，
但又不能不默认他的威权。

当队伍走近了那座树林时，
王金赶紧去问锄奸科长的伤势，
锄奸科长还人事不省地闭着眼睛，
几片血水在肩上胸前把衣服濡湿。
他叫战士解下绑带为他包扎，
而战斗的沉重责任更使他焦急。

他注意到村子里一直没有枪声，
这就证明我们的部队已经撤空。
为了保卫主力的安全转移，
这支小队伍应当吸引敌人的进攻，
但是，现在剩下的不过一班人，
又怎能当得起这严重的使命！

然而这严重的使命决不能逃避，
他必须最有效地使用这点兵力。
这时他才想到他的手还被捆着，

他说："同志，解开我手上的绳子！"
他身旁的战士同情地望望他，
却还没有最后地打消疑虑……

此刻小队伍已进入了树林，
突然，远处传来了枪炮的声音。
王金想：这一定是我们的主力，
在转移的中途反过来打击敌人。
这个判断大大增加了他的勇气，
他斩钢截铁地下定了决心。

"听，我们的主力已跟敌人打响，
为了支援主力，必须坚决抵抗。"
他这个果断而及时的命令，
使这里的战士获得了新的力量，
他们一个个把树木做为掩体，
准备好手榴弹，端起了长枪。

呵，敌人又向树林发起了冲锋，
枪弹旋转着，有如骤雨狂风。
王金高喊着："准备好，射击！"
我们的树林也发出了连串的枪声，
但这枪声并没有压服住敌人，
敌人反而一拥而上猛烈进攻。

当敌人接近我们的树林时，
我们把第一批手榴弹扔出去，
那林边空地上卷起了烟尘，
火光和人的吼声交织在一起，
随后尘烟退了，敌人也退了，
树林外狼藉着一片黑色的尸体。

但是，我们方面也蒙受了损失，
有的战士受伤，有的战士战死。
王金这时再也按捺不住了，
沙声的呼喊发泄了满腔的怒气：
"同志，放开我，放开我，
我们马上就得进行另一次反击！"

大胡子也怒冲冲地破口大骂：
"放开我们，× 你们的妈！
现成的好兵你们不敢用，
你们干等着敌人把咱们送回老家！"
这时，一个伤兵才爬了过来，
接连把七个人的绳结都解下。

敌人的第二次冲锋又开始了！
密集的枪弹不断在林间呼啸，

日本兵的野蛮的古怪的喊声，
形成了一股令人战栗的狂潮。
呵，这树林里又有几个伙伴，
在这场搏斗中猝然跌倒。

这里实在没有一个懦怯之徒，
一个人倒下，另一个挺身而出，
英勇地拣起死者的武器，
从一棵树到一棵树往来奔突。
王金不停地射出他的枪弹，
又"打呀，打呀"地连声疾呼。

大胡子的射击显得如此从容，
这一枪和那一枪总相隔一两分钟，
可是只要他手中的枪声一响，
总有一个敌人的脑袋出了窟窿，
粗眉毛的枪法也并不逊色，
他出膛的子弹也很少落空。

敌人的第二次冲锋又被打退，
但它的兵力还大我们几倍，
另两股敌人分头出动了，
他们显然要从侧面迂回，
而我们的人员还有多少呢？

四个受伤的战士，四个逃兵和土匪。

我们的枪弹也剩下的很少，
没有损坏的大枪只有六条，
手榴弹总共找到了三颗，
这一切比什么都更使人焦躁，
而这时东方的天空已经闪亮，
夜也停息了，天已拂晓。

于是王金下令突破敌人包围，
从村边的小道上向外撤退，
他们望着死者却来不及吊唁，
锄奸科长的受伤却使王金落泪，
他指定大胡子和粗眉毛两个人，
把锄奸科长和一个重伤兵往外背。

这九个人的队伍开始转移了，
脚步轻轻，唯恐把大地惊扰，
他们迅速地出了黑色的树林，
刚刚走上村边田间的小道
哦，又有一股敌人伏在路旁，
机警地等待着他们的来到。

王金锐敏地先把敌人发现。

他悄悄地告诉了他的同伴，
随后八个人一齐喊出杀声，
三只手臂投出了三颗手榴弹，
于是在那些敌人的不远的前方，
腾起了一道堤坝似的浓烟。

靠了这道浓烟的掩护，
九个人向右前方死命奔突，
敌人盲目地射起了机关枪，
打散了他们面前的灰色烟雾，
当敌人发现了这九个人的影子，
他们已经跑出了七八百步。

敌人却决不放弃歼灭他们的机会，
百多兵员紧紧在后面尾追，
机关枪的哒哒声又发作了，
枪弹嘘响着在九个人左右纷飞，
三个伤兵接连地倒下了，
其余的人还在不停地撤退。

随后又有两个人同时倒下了，
这是那个重伤兵和粗眉毛，
粗眉毛一手抚摸着背上的伤口，
一手拉动枪栓把准星瞄，

当一群做慢的敌人追来时，

他放了一枪，一个敌人立即跌倒。

他的第二颗枪弹也没有虚发，

又有一个黑影迎声倒下，

这两个人的死震动了敌军，

他们不得不摆下阵式来攻打，

那冰雹似的旋转着的手榴弹，

不间断地在粗眉毛的前后爆炸。

当粗眉毛身上中了第八颗弹片，

他的生命只留下最后一点火焰，

他痛苦地笑着、自言自语着：

"死得痛快呵，总算一条好汉！"

然后，他舒展地伸了伸胳膊，

就最后地关闭了他的双眼。

敌人越过了这场顽强的阻击，

指挥官不住地催动着他 [的] 兵士，

他们又奋力地向前跑了一段路，

却再也找不到那几个人的踪迹，

他们愤愤地大骂了几声，

抬回了他们丢在路上的几具死尸。

这时，高大的天空已经明亮，

东边地平线上升起了朝阳，

远远近近的枪炮声又停止了，

大地上笼罩着稀有的安详，

一场巨大的战役却已开始，

中国在壮大啊，人民在成长……

尾声

读者呵，我的故事本已讲完，

但我知道，你们不会认为圆满，

我写过不算很少的诗章，

哪一篇不受到你们的责难！

为了使你们得到小小的满足，

我不能不简略地补充几点

第一，这个小小的队伍，

确实最后回到了政治部。

他们在平原上盘旋了十七天，

走了上千里的艰难的路途，

至于，他们又经历了些什么，

请原谅我不再详细描述。

第二，锄奸科长也没有死亡，

在一个农家养好了他的创伤，
当王金回到部队以后，
曾多次地来把他看望。
他们也曾谈起前一段经历，
但并不悲酸，而是笑声朗朗。

第三，先后回来的人只有五个，
大胡子在到部队前独自走脱。
但他决不是偷偷地逃跑，
确实得到了王金的允诺，
王金在事前虽曾说服了多次，
临走时，他却什么也没有说。

当小队伍到了安全的地带，
大胡子的心绪就一天天变坏，
等他们打听到了部队的消息，
他的精神简直完全衰败，
他握住王金的手哀伤地说：
"好朋友呀，你再替我担待担待！

"我犯了万死不赎的罪过，
是你把我从死的边沿上救活，
我可以理直气壮地做人了，
因为我学会了一点你们的道德。

我知道，就是回到你们的部队，
你们也不会不饶恕了我。

"可是，我不是一个好兵，
我不能老老实实地服从命令，
我真怕当了八路军的时候，
一不小心又犯了我的老毛病，
若是那样，不但对不起你，
而且也糟蹋了我这后半生。

"我呀，我还是滚我的蛋吧，
此后，一不跟老百姓作对，
二不捣乱咱们的八路军，
三不饶过该死的日本鬼，
如果有一天触犯我这些誓言，
我自己拿脑袋到你面前赎罪！"

说完，他深深地鞠了一个躬，
对着王金眨一眨感激的眼睛，
然后从肩头摘下一支大枪，
双手捧着递交到王金手中，
这才转过身，扬长走去…
王金仅仅对着他的背景叹了一声。

300

好啦，这个补充已经结束，

我的手腕已因疲劳而感到痛楚，

但是，我的头脑还是如此激动，

我的心胸还在紧张地起伏，

为了记载这伟大时代的生活，

请让我安静地咀嚼咀嚼这工作的幸福。……

一九五七年五月初稿

一九五七年十一月至十二月改写